爱的味道

诗经 姜泉甬诗集

姜泉甬 / 著

知识产权出版社
全国百佳图书出版单位

图书在版编目（CIP）数据

诗经. 爱的味道：姜泉甬诗集 / 姜泉甬著. —北京：知识产权出版社，2017.8
ISBN 978-7-5130-5065-4

Ⅰ. ①诗… Ⅱ. ①姜… Ⅲ. ①诗集 – 中国 – 当代 Ⅳ. ①I227

中国版本图书馆CIP数据核字（2017）第192175号

内容提要

本书是姜泉甬先生的诗歌集，精心挑选了约200首近几年创作的优秀诗歌作品，分"爱的箴言""云水禅心""春华秋实""天地人和"四篇，传达作者对爱与和谐、美与温暖的热情讴歌与赞美。其诗立意高远，韵味悠长，达到了较高的哲学与美学境界，从而在"天地之外再造一种神奇"。

责任编辑：李海波　　　　　　责任出版：刘译文

诗经·爱的味道——姜泉甬诗集
SHIJING · AI DE WEIDAO——JIANGQUANYONG SHIJI

姜泉甬　著

出版发行：知识产权出版社 有限责任公司	网　　址：http://www.ipph.cn
电　　话：010-82004826	http://www.laichushu.com
社　　址：北京市海淀区气象路50号院	邮　　编：100081
责编电话：010-82000860转8582	责编邮箱：277199578@qq.com
发行电话：010-82000860转8101	发行传真：010-82000893
印　　刷：三河市国英印务有限公司	经　　销：各大网上书店、新华书店及相关专业书店
开　　本：720mm×1000mm　1/16	印　　张：15
版　　次：2017年8月第1版	印　　次：2017年8月第1次印刷
字　　数：266千字	定　　价：39.80元

ISBN 978-7-5130-5065-4

出版权专有　侵权必究
如有印装质量问题，本社负责调换。

诗评

泉涌先生的诗都是抒情之歌
鲜活而灵动
既有意境美
又有情韵美
爱是他诗歌的灵魂
酒是燃烧他热情的火种
爱神和酒神在他的诗里翩翩起舞
他善于捕捉感悟的瞬间
让美妙的一瞬定格于诗的意境中
给人以美的记忆和想象
祝福他写的作品在"天地之外再造一种神奇"
……

中国诗歌学会名誉会长
"中国诗坛第一判官"
张同吾

推荐序

心蕴大爱　诗如泉涌

一路春光洒遍京沪高铁的旅途，无尽诗情从泉涌先生诗集的字里行间流溢，令我的京沪高铁之行平添诗情画意！

我是在从北京去上海的G3次高铁的旅途上读完姜泉甬先生的诗集的。

泉涌先生是我们世界华语诗歌联盟最早的成员，年轻、干练、充满朝气，而诗如其人，他的诗歌作品也的确精准地表现出了他的人生格局与审美特点。

> 高铁划过时空
> 呼啸着奔驰在青春的季节里
> 四月的天空
> 浪漫正盛
> 田野的花草　庄稼
> 在微风中载歌载舞
> 天空的白云在徜徉
> 远处三三两两的鸟儿在歌唱
> 日出远方视野开朗
> 心绪随风飘动
> ……

读这首诗，恰好与我在高铁上的京沪之旅相印证；令我情不自禁地沉醉于春意盎然的诗情佳境之中。

爱与诗是一对孪生姐妹，这在泉涌先生的诗中表现得尤其突出。这本诗集中有相当部分的作品是爱情诗。自然、流畅，毫无矫情与造作，这些特征使得他的爱情诗因率真而可爱：

　　　　　　美丽浪漫的爱
　　　　　生活在阳光下　春暖花开
　　　　享受自然　沐浴柔情在爱海
　　　　　　美丽浪漫的爱
　　　　　　　……

但他的爱不仅仅是个人的情爱而已，而是一种超越男女情爱的大爱。
这里有对家乡的爱：

　　　　　故乡的真情淳朴　孕育胸怀
　　　　　每次到这里都让我心潮澎湃

这里有对父亲的爱：

　　　　　父亲的真情可比大山　可比大海
　　　　　　　一次次感受着
　　　　　　　　爱和被爱

泉涌先生在事业上所专注的是红酒，而红酒恰恰与浪漫密切相关。
在烛光杯影中，他写道：

　　　　　　任凭感觉像杯中的红酒
　　　　　　　　举起又滑落
　　　　　　　　　……

　　　　　　　人生本来短暂
　　　　　　为什么还要往晶莹的杯中
　　　　　　　　　倒入苦涩

诗、美酒、爱情，泉涌先生把他丰富多彩的人生以美丽动人的韵律奉献给我们，让我们重温浪漫，重温激情，重温青春。

古人说，诗有情而后真。读泉涌先生的诗，就时时感受到其中隐藏的真情。"行云流水、空谷清音"，就是他的诗作的感人之处与美学风格。

诗集中，诗人以禅家的意境，把他对人生的诗歌思考与表现上升到了一个新的高度，进入了一种新的境界。

    云水禅心
     心道禅
    莲花若然开

诗与禅本身就有不解之缘，这种意境让泉涌先生的诗得到了进一步的升华。

我们有理由相信：泉涌先生的诗将会随着他年龄的增长、视野的开阔、经历的丰富而上升到一个新的哲学与美学的境界，从而在"天地之外再造一种神奇"……

世界华语诗歌联盟主席 李黎

2017 年 4 月 28 日

目录

第一篇 爱的箴言

轻轻的风（朗读版） 002
我知道你在等我（朗读版） 003
是你闯进了我的视线（朗读版） 004
心 动（朗读版） 005
父 亲（朗读版） 006
我爱您 母亲（朗读版） 008
想 你 009
葡萄酒 010
梦 吧 011
在哪里见过你 013
想你的夜晚 014
我爱你 015
期 盼 016
沉醉在你的世界 书海 017
思 念 018
穿透心灵的目光 020
只因在人群中多看了你一眼 021
牵手浪漫的爱情散步 022
写给我可爱的儿子 023

忘记所有我也不会忘记你	024
爱的温暖	025
爱在心里	026
爱的光辉	027
幸福永远	028
爱的盛开	029
我要真实的幸福	031
爱的箴言	032
心莲花为你盛开	034
心中的爱	036
爱酒堡	037
爱酒堡人	038
远去的背影	040
热爱的情怀	041
奶奶　我们爱您	042
送给儿童的歌	044
献给伟大的母亲	045
知心爱人	046
敬　礼	047
心花绽放	048
情人节寄情	049

疯狂夏日	050
暖暖的爱	051
春暖花开	052
我为你编织的花环	053
爱情像一杯红酒	054
回　家	055
别丢了你的乡音	056
情人节的相思与祝福	057
这才是爱	058
我们的心从未分离	059
故乡的思念	060
味　道	061
穿越时空我来吻你	062
情　话	063
乡　音	064
看着天上的星星我在想	065
飘飘洒洒	066
喜欢春天的风	067
为家乡的贫困孩子们买一身御寒的衣裳	068
我心中的诗歌	069
就是你	070

总想起第一次见你的时候	071
送给你平安夜的礼物	072
新年	073
浪漫的邂逅	074
梦回故乡	075
爱的味道	077
我知道有一种相思的植物	078

第二篇 云水禅心

不再忧伤（朗读版）	080
心 路（朗读版）	081
玫瑰花笑了（朗读版）	083
一棵树的心声（朗读版）	084
心 河（朗读版）	085
向幸福出发（朗读版）	086
观 心	087
葡萄仙子	088
一种习惯	089
你的微笑	090
心和世界	091
大道至简	092

打开心灵的窗	093
心动的凝视	094
紫砂壶里的人生	096
无欲则刚	097
感之语	098
青　春	099
云水禅心	100
上善若水	101
杯酒人生	102
心灵的沟通	103
微笑的魅力	104
生　命	105
思　念	106
娶了微笑	107
一样的与不一样的	108
道	109
有一天我们都会老去	110
距　离	111
怒放的生命	112
珍惜与感恩并存	113
寂　静	114

诗 趣	115
你是否来过	116
遇 见	117
明月在我心头升起	118
无 我	119
人 生	120
不一样的结果	121
旺季与淡季	122
雪与爱	123
远 方	124
潇洒人生	125
如果可以	126
诗酒人生	128
带刺的玫瑰	129

第三篇 春华秋实

精 彩（朗读版）	132
醉美人生（朗读版）	133
爱 久（朗读版）	135
在夜里（朗读版）	136
行动是无坚不摧的力量（朗读版）	137

视　野（朗读版）	138
认识自己	139
心中的梦	140
成功的希望	142
征　程	143
患难中的永恒	144
年轻的心	146
信　心	147
等　待	148
黑　夜	149
青春的脚步	150
新的起点	151
春华秋实	152
人　生	153
路	154
吹响号角	155
我坚信自己的梦想	156
成　功	157
走向成功	158
务虚与务实之间	159
一个诗人	160

007

全力以赴	161
追 寻	162
两个世界	163
征 程	164

第四篇 天地人和

心 雨（朗读版）	166
浪 花（朗读版）	167
阳 光（朗读版）	168
花的世界（朗读版）	169
飞翔在蓝天白云之间（朗读版）	170
听 海（朗读版）	171
夏日的风	172
春天就要来了	173
雪中的月季花	174
流星雨	176
在自由的天空翱翔	177
冬之感	178
一滴水	179
美丽世界	180
明月星空	182

天地人和	183
风花雪夜	184
花　儿	185
秋天的歌	187
茫茫的草原	189
大草原放飞梦想	191
秋天的黄叶	192
水	194
哈仙岛游春	195
大草原的畅想	196
可爱的精灵	197
雪	199
白雪公主	200
太阳将要升起	201
天地之间	202
迎春花开了	204
黄　叶	205
大　海	206
窗外的雨	207
大自然的魅力	208
太白山的早晨	210

太白山	212
希望的田野	213
春　天	214
旅　途	215
自然的力量	216
雨后的夜	217
星　空	218
西湖夜话	219
自然之美	220
天降甘露	221

第一篇

爱的箴言

轻轻的风

轻轻的风
亲吻窗外的湖面
微波浮起
那一道道涟漪如高山下的梯田
壮观美丽

轻轻的风
在这个盛夏的夜
让我的心得以安逸
观望心湖的明月
念想我深爱的你

轻轻的风
让窗前高脚杯中的红酒
散发出诱人的香醇
高举酒杯
与天边的你
我的爱人同醉

轻轻的风
掠动我的思绪……
心中溢满对你的深情
一切的祝福
从遥远的地方送给你
我爱你
我的女神　你永远在我心里

朗读者：赵显非

我知道你在等我

我知道你在等我

知道你等我

从日出到日落

望眼欲穿

期盼我蹚过时间的河

来到你的身边

笑看花开花落

我知道你在等我

感觉有你是多么美

我可以闲的时候想你

可以为你写诗歌

工作忙碌后

我喜欢这种感觉

等着我　等着我　等着我

很快我会蹚过时间的河

陪你走过四季　春暖花开　日出日落……

朗读者：邹中棠

是你闯进了我的视线

是你闯进了我的视线
拨动了我的情弦
一往深情亘古不变

是你闯进了我的视线
默默地付出释放温暖
一天一天用心陪伴

是你闯进了我的视线
灼灼热烈的双眸燃烧情缘
温柔的情话缠绕耳畔

是你闯进了我的视线
穿过千山万水
爱波恋恋

是你闯进了我的视线
纵使寒冷的狂风
也吹不散我们的爱恋

是你闯进了我的视线
花前月下享受浪漫
让爱情之花长开人间

是你闯进了我的视线
我的爱情　我可爱的姑娘
我的爱恋　暖如春天

朗读者：朱玲亿

心　动

安静的夜晚

听着很悠扬的曲调

想着你

我们一起浪漫的时光

那些日子

就像风轻轻拂过我平静的湖面

暖风里痒痒的感觉

是幸福

这是天下最美的人生

因为有你

爱在春天里

这爱让人梦迷

我的春天　我的恋人　我的心动

多想在闲暇的时光享受爱恋

感悟　美丽的春色

和这美丽的心动

朗读者：祝　阳

父 亲

——在父亲节写给天下父亲的诗歌

父亲

您是我心中的山

您是我心中的英雄

您无所不能把世界改变

是您挑起全家重担

给我一片自由的蓝天

今天是父亲节　没有陪伴在您的身边

心里充满愧疚

双手合十

我默默地在心里祝愿

您的健康长寿是我们的心愿

父亲

天地之间您的奉献

把世界改变

生活中　奋斗中

不论多少苦与难您都一往无前

多少艰辛的汗水

多少次湿透您的衣衫

我爱您父亲　您是我心中的天

父亲

日月轮回您默默奉献

在儿女的教育上您孜孜不倦

操劳千百遍
岁月在您的脸上把皱纹添
还有满头的白发　让我好心酸
儿女们都长大东西南北渐行渐远
一年有多少次可以陪伴您
又有多少天　屈指可算
您从不抱怨　总是挂念
我爱您父亲　感恩您的无私奉献

朗读者：宁　静

我爱您 母亲

——写给母亲的诗歌

多少个日日夜夜想您 母亲
我想回家 我想回家
看着您微笑 我的母亲
那是世界上最美的花

三十个春秋您在我心里
您是我的太阳孕育我长大
因为有您 我从不害怕
您的微笑伴我勇走海角天涯

我爱您 母亲 我的家
那个举世的美人
岁月在您的脸上留下皱纹
还有那满头白发
看着您 看着您 我泪如雨下

我爱您 母亲 我的家
好好学习 爱我们的祖国
是您给我说过的话
深刻在我的心里 努力工作
是我爱您最好的表达……

朗读者：鲁建树

想 你

想你
因为你是我的爱人

想你
没有太多的理由
只因你是我一生最爱

想你
没有更多的原因
只因你注定是我一生的牵挂

想你
没有太多的借口
只因那刻骨铭心的记忆

想你
没有太多的祈求
只想你健康快乐幸福平安

想你
每天都会无数次地想你
因为你是我的女神
……想你

葡萄酒

喜欢　开始有了爱
如果让我解释
为什么会喜欢她
那么这一定不是爱

因为真正的爱
是没有原因和理由的
爱她　不知道为什么
你一定是微笑着　思考着　想着

世上最美的脸庞
那就是笑脸
从心里蔓延
流露出来的那个微笑

无法掩饰的愉悦……
是你　是我青春的延续
我喜欢　我执着地爱着
唯一的由果实变成有生命的葡萄酒
……

梦　吧

昨夜的梦
和你牵手
有了爱的火花
梦吧……

那个浪漫啊
爱情要开花
品着红酒
看着你……

我相信
我会梦到
心中的你
一起醉在葡萄架

月色皎洁
铺满鲜花
牵手爱酒堡庄园
春秋冬夏

有了思念
开始想你
藏在心里
默默牵挂

深夜的月光照在床榻

轻轻地赋诗

伴你睡下

梦吧　我们的爱

欣赏你披着透明的羽纱

在哪里见过你

在哪里见过你

我已记不起

感觉那么　那么的熟悉

可能是梦里　梦里的相遇

我自风雨中走来

星月之光交错的瞬间

喧嚣的繁华

在身后轰然退去

是你的柔情

如那西湖中的清水涟涟

碧波荡漾在我的心湖

荡了我千年的念想

在今夜相聚

举起高脚杯让红酒穿过我们的身体

双目含笑醉在夜里

素色流年

你倾城的容颜

伴着红酒的浪漫让我醉不知归

想你的夜晚

想你的夜晚
我又坐在窗前
轻轻地打开窗儿
沉思在桌前

想你的夜晚
看着满天的星星
诉说思念
让星儿送上我的期盼

想你的夜晚
我有点孤单
多么期盼你就在眼前
拥抱你我只能梦幻

想你的夜晚
黑夜是多么的漫长
我孤枕难眠
闭上双眼飞到你的面前……

我爱你

我爱你
是发自心里的声音
不光因为你的样子
是因为
和你在一起时
我无比的开心

我爱你
是今生今世的缘分
不光因为你也爱我
是因为
你是我身后的那个女神
喜欢你发自心里

我爱你
是因为你能让我更有信心
我的心肝　我的女神
我爱你
你穿越我心灵的旷野
把大爱奉献给人民

我爱你
天真烂漫的情怀
孕育万物的爱心
如同阳光送来温暖
鲜花撒满人间
我爱你　我的女神

期 盼

期盼
一天　一天　好多天
每天我都在期盼
多么希望你在我的视线
永远

期盼
天各一方
为爱奉献
爱在心里涌动
爱恋

期盼
静静地等待
如期而至的春天
鲜花开满房前
浪漫

期盼
翩翩而来
望着你　我心里的春色
你是我的阳光
温暖

沉醉在你的世界　书海

沉醉在你的世界
像浩瀚的海
字里行间的能量
我像个小孩
时而微笑　时而沉思
你的博大精深
深深地吸引着我
你就像清晨无瑕天空
我翱翔在这里
我的世界
我喜欢你的千姿百态
我一直在奔跑和追寻
你的真理
无论时光怎样变迁
我依然如故对你的痴爱

思　念

轻轻地吟诗
在这个浪漫夜里
美妙的音乐缠绕在耳畔
我喜欢在这样的夜
静静地想你

窗外春风微拂
吹吧
我喜欢风儿透过窗纱的感觉
就像你
在我的耳畔倾诉情话……

朦胧的夜幕掩饰了我的表情
可掩盖不住心中的喜悦
默默注视远方
天宫那闪耀的星星
就像你的眼睛写满深情

想你　想你了……
诗歌中有了我对你无尽的牵挂
黑暗和白昼的交汇处
是日月光辉的沐浴春风荡漾
天道酬勤的男儿
寄情于荣归故里的期盼

思念的心声

划过夜空

驶向梦的方向

采撷一朵玫瑰

诉说心底的萌芽……

流星远去

我的祝福　随星飞向你在的地方……

穿透心灵的目光

穿透心灵的目光
我看到了你的所想
从有过对视的那天晚上
我就住在你的心房

穿透心灵的目光
把我的爱送上
相约的期盼
可以天老地荒

穿越心灵的目光
点燃爱恋彼此珍藏
即便天各一方也能感到爱的力量
没有距离可以穿越时光

穿越心灵的目光
爱的火焰就像太阳
心灵之美照亮前方
生命之火燃烧爱情温暖胸膛

只因在人群中多看了你一眼

只因在人群中多看了你一眼
拉开我们相恋的诗篇
花前月下说不完的缠绵
美丽的徜徉我有了思念

只因在人群中多看了你一眼
一江春水开始浪漫
天涯海角我们牵手相伴
一路的情话说呀　说不完

只因在人群中多看了你一眼
我的天空开始变蓝
漫天飞舞　翱翔蓝天
不论在哪我的心里都甜

只因在人群中多看了你一眼
我的世界被你填满
你的身影那美丽画面
是我甜蜜的加油站

牵手浪漫的爱情散步

那一天夕阳西下我们散步在黄昏
悄悄的牵手拉近了两颗心
我都知道　我们走进恋爱的门
悦耳缠绵的话牵动我的心

那一天我们散步在雨后
天边的彩虹美了我们　驾祥云
牵手浪漫地遨游到夜深
我知道我找到了　我心中的女神

那一天看着百花齐放醉了心
你我相依相偎　爱得深
我终于鼓足勇气说　我爱你
你红红的笑脸开口说　那一定不要变心

那一天我们终于私定终身
那一晚我们的浪漫缠绵心连心
千言万语海誓山盟相约不离分
让美丽浪漫的爱情之花常开在心门

写给我可爱的儿子

教会你飞翔　我的小孩

白云　一朵　一朵　美丽了　我的双眼
思绪　一浪　一浪　溢出了　浪漫的情怀
让心中的太阳　照耀你灿烂的小脸
你欢快的脚步　凝固了我审美的视线

我用万般豪情　拥抱你　我可爱的小孩
我用坚强的臂膀　承载你通向成功的远方
翻阅古今诗歌　轻轻的吟唱伴你成长
让爱在你我的心中流淌

笔下　一行　一行　跳动着　柔情的诗歌
眼前　一幕　一幕　深情的　父子画面
让心中的阳光　温暖你成长路上的奔放
你欢快的脚步　凝固了我审美的视线

我用万般豪情　拥抱你　我可爱的小孩
我用坚强的臂膀　承载你通向成功的远方
翻阅古今诗歌　轻轻的吟唱伴你成长
让爱在你我的心里流溢

白云　一朵　一朵　美丽了我的双眼
思绪　一浪　一浪　溢满了你成长的浪漫诗篇

忘记所有我也不会忘记你

忘记所有我也不会忘记你
生活在阳光下好美丽
四季的花开散发清香像是你
想着你　想着你　想着你
因为有你我的生活才甜蜜

忘记所有我也不会忘记你
平凡使日子好着迷
恋爱的岁月留恋清晰
总回忆　总回忆　总回忆
那烈火燃烧的岁月温暖无比

忘了所有我也不会忘记你
真心实意的爱恋创造奇迹
千言万语无话不谈在每个夜里
甜蜜蜜　甜蜜蜜　甜蜜蜜
烛光晚餐红酒对杯醉在你怀里

忘了所有我也不会忘记你
一生一世相爱不离不分
你在哪里我就在哪里
好美丽　好美丽　好美丽
你是我的最爱我要生生世世地爱你
……

爱的温暖

爱的温暖
可以抵御冬的严寒
如骄阳
温暖情怀
如雨露
滋润爱恋

秋已走　冬来临
树叶带走了秋意
让树在默默等候
来年相恋的春天

寒冷是冬的蕴藉
孕育着春天
风在刚柔
雪在飘逸

采风的才子啊
以你情有独钟的方式
倾诉着心中的爱意
让她在寒冷的冬季温暖

难言相思的情愁
化作别离的美酒
酒醉吟一首诗歌
情意绵绵
但愿人长久
想起你的温柔

爱在心里

爱在心里
生活充满了动人旋律
温馨相恋
天上人间比翼双飞
你的出现让我找到生活真谛

爱在心里
多少次拥抱
望着你深情双眸
我忘了自己
在动人的瞬间中感受甜蜜

爱在心里
笔下那浪漫的诗篇
诉说着你我的故事
把欢乐深种在心里
我用美的双眼欣赏你的美丽

相逢在阳光里
走进你的世界
沉醉在这里
领略你大海的情怀
不离不弃

爱的光辉

爱的光辉
是你的品格
浪漫了多情的诗歌
美丽了心中的风景
丰富了爱的宝藏

爱的光辉
你有大海的胸怀
更有旷野的宽广
自然的魅力
醉人的微笑

爱的光辉
照耀恋爱的美好
爱情一样的甜蜜
阳光般的温暖
月亮般的深情

魅力的无限
燃起生命的火花
心中有爱
脸上就会永放光彩
因为爱
人生更灿烂
世界更美好

幸福永远

幸福永远
坐在闪烁的星光里
温情的晚风吻着我的脸
幸福的微笑多美满
所有的心事被你看穿

幸福永远
想你　念你　爱你
在每一个黑夜和白天
你的笑容牵引我的视线
你的爱左右着我的心田

幸福永远
紧紧握着的双手
重复我们的誓言
紧握着相爱的今天
让我们住进爱的天堂里边

幸福永远
漫长的黑夜和白天
双手紧握给你我温暖
在这深情和多情的点点
延续世纪爱情通往明天

爱的盛开

在如约的时光里
你我
美丽的邂逅
心心相印
情境交融
从此
爱有了深深的感悟

在如花的春天里
爱在守候
守候花开的时期
欣赏蝶恋的舞步
蝶变的美丽
为你永久

在如诗的春天里
爱在跃动
如同优美的音符
在爱的琴弦上
拨动在你我心中

在如画的春天里
爱在溢流
用心着色
用情描绘

心与心的碰撞
爱的激情
燃烧在
你我心中

在爱的春天里
爱的花蕾
挣苞欲出
爱的雨露
滋润心头
芳菲异彩
只为
心爱的人
最美的盛开
……

我要真实的幸福

我要真实的幸福
能用生命做长度
在这不安的深夜
有个幸福的归宿

我要真实的幸福
能用双手去碰触
每次伸手入怀中
有你深情的温度

我要真实的幸福
在每个夜半时候
可以并肩浪漫走
享受爱情心里头

我要真实的幸福
坐在明月星光下
把晤心声叙情由
幸福当下天天有

爱的箴言

爱是 love
爱是祝福
爱是理解
爱是追求
爱是纯真
爱是守候
爱是神圣
爱是默契

爱是无声的言语
爱是心灵的契机
爱是青春的节奏
爱是优美的旋律
爱是心灵的呵护
爱是体贴的温度
爱是幸福的心痛
爱是激情的永驻
爱是大度和高度
爱的泪水滋润在心田
爱的酸楚回流在心间

试问有情人
人世间情为何物
有爱情就留
有爱青春才永驻

爱酒　爱久

爱在脑海

爱在梦中

爱在眼前

爱在天边

爱在你我心跳的加速

爱在你我心灵的交融

爱在落入凡间的精灵

爱在拥有精灵的贵族

爱是看一眼

爱是想一念

爱是温暖的情怀

爱是默默的奉献

想念心痛时

爱的珍珠落玉盘

想念酸楚时

把爱珍藏在心海

这就是爱

爱是 love

心莲花为你盛开

心莲花为你盛开
一生定要美丽
这是心莲花的盛开

悄然绽放在你心头的情怀
用激情为你盛开
我以我盛开的姿态绽放美丽
我以我迷人的芬芳清香记忆

让我们一起
参悟一点禅意
欣赏一朵花的含容
心阅一滴水的善美
一朵莲花着情了心雨
小晕了爱意的红潮
瞬间低眉执笔　和韵一阕
有了一种无言的美丽

心莲花绽放在你的生命里
在灯火阑珊处
不染纤尘　为你独有清香
淡淡的像一杯清茶
那馨香滋润了心灵
纯纯的像一杯红酒
那浪漫浸透了心房

静静的像一轮明月
那柔情缠绵了爱裳

让我们一起
把激情放逐在岁月里洗涤
让人生灿烂如歌
让生命尽情怒放

心中的爱

爱是心灵的交融
爱是真情的拥有
爱是精神的寄托
爱是欣赏和祝福
爱是给予和支持
爱是心中的阳光
爱是润物的雨露
爱是圣洁的莲花
爱是伟大的女神
爱是情愫的美好
爱是幸福的源泉
爱是海纳的胸怀
爱是彼此的真诚
爱是心与心的滋润

爱酒堡

你是我素锦年华里最美的相遇

一座城
一首诗
在最深的红尘里遇见了你
从此　我的生命便有了
千千阙歌
万万思念

一份情
一颗心
在最美的时光里邂逅了你
从此　我的心底便有了
此情深深

爱酒堡　光明在这里……
我的世界　我的天
我的生活晴空万里
爱酒堡　我的梦在这里

爱酒堡人

爱酒堡
一个饱含艺术的殿堂
一个充满爱意浪漫的天堂

爱酒堡人
把美丽的色彩
淋漓尽致地在这里绽放
爱酒人的面前
美轮美奂　情醉痴迷
把醇香的味道
送入爱酒人的心房
沁人心脾　久久难忘
那惊艳之美
无法用笔墨去勾勒
更无法用心情去描绘
只有让我们尽情地
投入这精彩的视觉世界
用味蕾去享受精神盛宴

一个被赋予了
艺术灵魂的独特空间
让人憧憬畅想
将醇香和艺术完美地结合
让人无法忘记的地方
因为红酒艺术的魔力

在这里无限弥张

让生活充满了浪漫

让生命激情地怒放

因为对于你的品位

更乐于驾驭生活

对于你的梦想

更是远大高昂

每天　不知疲倦地在疆场驰骋

你高瞻远瞩　雄心万丈

这就是红酒带来的无穷的力量

上帝更给予你宇宙的正能量——爱酒堡人

远去的背影

远去的背影
是别离
或是远行
距离带走了暂时的忧伤

远去的背影
千山万水
或是各奔东西
却隔不断留在心里的温情

远去的背影
纵使大海的狂风
也吹不散
那美好的念想

远去的背影
穿越时空
再去亲历感受
那刻骨铭心的深鸣……

远去的背影
记得　记不得
你走的时候
也如你悄悄地来了
……

热爱的情怀

热爱的情怀
燃烧起我活跃的思绪
那份俘获心灵的清香
在开启后散发出来
她有自然的生命
和浪漫的情怀

热爱的情怀
对你的痴爱不知从何而来
就像我不知你曾经的存在
天地的精华孕育你的精彩
舞出那绝伦的惊艳

热爱的情怀
这情怀荡漾起浪漫的色彩
就像那天边的云彩
飘荡在我的心间
燃烧赋诗的火种
绘成一片片云海

热爱的情怀
杯中的红酒浪漫的世界
高举酒杯开始摇摆
淡淡的清香溢满心房
放歌吧我的爱酒梦
激荡我爱的情怀
沉醉在你的世界
感受美好爱久大爱

奶奶　我们爱您

——写给奶奶八十大寿的诗歌

奶奶　我们爱您
是发自心里的声音
不光因为您是我们的奶奶
是因为
您有慈母的爱心
因为有您
我们无比的快乐和幸福

奶奶　我们爱您
您是我们今生前世的缘
不光因为您也爱我们
是因为
您是我们心中的女神
爱您胜过爱自己

奶奶　我们爱您
陪伴我走过四十个春秋冬夏
我们的心
从没有过离分
因为有您　生活中我们充满自信
我们爱您
爱您有大爱的心

奶奶　我们爱您
您的笑容永远绽放在脸上
您教会我们很多做人的道理
您有一颗童心
天真朴实的情怀
如同阳光照耀着我们
温暖着我们的心
我们爱您　奶奶
您是我们心中的女神

奶奶　我们爱您
今天是您的八十大寿
祝福您　我亲爱的奶奶
福如东海长流水
寿比南山不老松

我们爱您
亲爱的奶奶

送给儿童的歌

送给儿童的歌
大山　大海
走近我的生活
葡萄园里的木屋
诗情酒意在这里快乐

送给儿童的歌
满山的葡萄园
欢乐在这里唱着歌
多情生活浪漫你我
怡然风景文武活

送给儿童的歌
谱写了千曲万歌
曲曲首首把我迷惑
今天是六一
祝天下儿童快乐

送给儿童的歌
唱响童年的你我
今天是我们的节日
童哥们我们一起欢乐
我爱你们祖国的花朵

献给伟大的母亲

母亲
生命之所以有意义
是因为母亲孕育了我们
母亲
让我们为社会留下大爱
母亲
是我们心中的天
留给我们美的梦
那是一颗
清净　慈悲　善良的心
母亲把大爱传递
她宽阔的胸襟
海纳天下
在我们身上流淌着的
不仅仅是母亲的血液
还有
教我们如何做人的真谛
点点滴滴
有时爱如涓涓流水
有时爱如汹涌澎湃的海
世界上
母亲是我们的唯一连体
我爱您伟大的母亲
……

知心爱人

知心爱人
带着我的一颗心
在华夏翱翔
心心相印
永不分离
时刻陪伴在你的身旁
给你信心
这就是爱
大爱的力量

知心爱人
带着我的爱
奋斗在路上
驾驭着伟大的航母
为我们的爱酒堡
征程起航
这是爱的永恒
这是爱的高尚

知心爱人
志在四方
广阔的天地
种下大爱梦想
人间的大爱
我们奋斗在路上

敬 礼

敬礼
向奋斗在救灾前线的人民敬礼
向奋斗在救灾前线的武警官兵敬礼
向奋斗在救灾前线的人民公仆敬礼

敬礼
看着你们奋斗在营救生命的前线
看着你们奋力和生命赛跑
看着你们用忘我的双手扒开残垣

敬礼
你们是生活中的雷锋式的人
你们是我们最尊敬的人
你们是我们最可爱的人

敬礼
你们的行动让我们流下感动的泪
全国人民行动起来吧
为我们的同胞捐款捐物
让大爱在中华大地上涌动
敬礼

心花绽放

您是我心里最美的花
亲爱的母亲
耳边常常萦绕您的叮咛
照顾好自己　我很好不要想家
每次听到您的呵护的话
禁不住双眼含满泪花
您温暖的呵护
是我奋发向上的力量
伴我勇闯天下
今天是母亲节　我又不能陪伴您
心中的愧疚之情　无法用语言表达
我爱您　我爱您　我爱您母亲
拨通电话泪如雨下
千遍万遍这是我最想说的话
……

情人节寄情

在今天这个特别的日子
我和你一样在想
你　我们浪漫的光阴
在我眼中
你是那么的美
那么的柔情和天真
就像那深夜天空的星星
说着缠绵的情话
眨着眼睛让我一次次醉在梦中
我爱你　也像你爱我一样
你占满了我的空间
对你的痴迷深埋在心中
我的爱就像太阳
照亮你的世界
爱情之花情深意浓
……

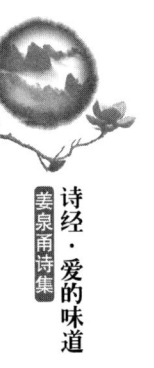

疯狂夏日

夏日在中原大地肆意疯狂
它的暴行让大片大片青绿死去
多少水库干枯
多年没有的疯狂
在这个季节重燃
这是这片土地上万物的灾难
烈日揉皱了季节
我听到青绿的哭泣
眼前这片土地的哀鸣
让我悲伤
我拿什么拯救你　我的故土
……
我祈求天降甘露
来孕育这片中华文明的沃土
祈福……

暖暖的爱

暖暖的爱温暖着我
有你的惦记
再远的路也是近在咫尺
有你的挂念
再淡的水也是香甜入心
有你的思念
再长的夜也不再漫长
有你的关怀
再冷的天也温暖如春

暖暖的爱温暖着我
真正的幸福是
你等的人也在等你
你关心的人也在关心你
你想的人也在想你
你爱的人也在爱你
你懂的人更懂你
你知我懂　我懂你知
满满的情　暖暖的爱

春暖花开

黑夜已到尽头
东方的太阳已经升起
我睁开双眼
因为我已经无法忍受
只和你在梦里相会
你那美丽的微笑
你那满头的秀发
还有你的香吻
在我记忆的长河回放
冲洗着我的激情
我要和你
我要和你遨游天下
浪漫在每个白天和夜里

我为你编织的花环

密密麻麻的文字
在我的思绪里跳着欢快的舞
那天籁的音符响起
我千万次
为你提起笔
我已数不清　我呼唤过多少次你的名字
我想你的时候　就会提起我的神笔
永远为你编织诗歌之花环
丰满你的精神乐园
我爱你　请接受我对你的爱和奉献
花开花落日月轮回
我听过许多不老的爱情故事
那是我向往的桃源
我知道从见到你开始
我找到了　我的爱情之花
你就像我的女神
为我点燃了岁月之夜的明灯
我愿意　为你编织一生的梦之花环

爱情像一杯红酒

爱情像一杯红酒
频频地交杯　在沉醉中相融
一次次握手一次次吻拥
爱上你　我有了不一样的人生

爱情像一杯红酒
酝酿着点点滴滴的爱
品味着浓浓纯纯的情
爱恋　爱恋之花在心中滋生

爱情像一杯红酒
不是因为红酒的年限和香醇
而是味道适合自己的感觉
细细品　阳光明媚春暖花开

爱情像一杯红酒
散发着淡淡的清香
改变了我　一往情深把爱深种
涌上心头的思念你又重生

爱情像一杯红酒
浪漫是永远不变的旋律
在青春的岁月中曼舞
沉醉在亭台楼阁中相吻相拥……

回　家

回家　我发誓家是我最向往的地方
那里是生我养我的土地
每一段小路　每一棵大树都有我的记忆

今天是腊月二十五日的夜
北京窗外寒冷的北风呼啸着
再过几天就是春节了
我想您了母亲　我想回家
壮志凌云的武侠　你想要什么
家才是你的归宿　因为母亲在那
一幕幕在眼前闪动　每一个闻鸡起舞的日子
挥汗如雨在场靶……

回家　我要回家
我听到了母亲的呼唤
还有儿时的玩伴　嘻嘻哈哈

亲切声音在耳畔环绕
我想你们了　你　你还有她
一段段　一段段的回忆
把我拉回从前
那浪漫　那天真　就是童话
三十个春秋冬夏
奔波在创业的路上
我们才有今天春暖中华

回家　我要回家
挥汗如雨　荣归故里的期盼
在今天享受天伦之乐幸福当下……

别丢了你的乡音

别丢了你的乡音
这是我们梦开始的地方
那一腔埋在心底的热情
依然是长流的溪水

别丢了你的乡音
这里是我们智慧的源泉
好多　好多的第一次
都天真地发生在这里

别丢了你的乡音
每一次　每一次想起家乡
心里都会有一股暖流在涌动
这里的春节有别样的烟火

别丢了你的乡音
心里永远保持着那份真
一样的明月　一样是满天的星
家乡一句话　你好　长长的乡音……

情人节的相思与祝福

我想现在你一定
也像我想你　一样地想我
今天是情人节
也是三八妇女节
一箭之隔
多了两地的相思
我的恋人
想着你
我独自端起高脚红酒杯
这里面有浪漫
也有对你的一往情深
在这桃花正浓的三月
情香飘飘
你是我心仪的恋人
喜欢你发自心底
你是我此世今生的情人
我爱你　我们的心从未分离
就让我深情的祝福
在此刻送给你
祝你快乐　健康　美丽

这才是爱

懂你　何需千言万语
这才是爱
静静地关注
默默地付出

懂你　何需千言万语
爱是无怨无悔
静静地倾听
你知我懂

懂你　何需千言万语
慧心地对视
心灵的共鸣
爱是最暖的情

懂你　何需千言万语
轻轻地走过
有你在那都是最美的风景
爱是心与心共鸣

懂你　何需千言万语
因为真爱　生命处处感动
不变的信念是永恒
这才是爱　精彩的人生……

我们的心从未分离

我们的心从未分离
多少次握手　多少次挥别
多少个风风雨雨
远去飘散的云在你我心里

我们的心从未分离
你走的时候说你的心在这里
我相信你　就像相信我自己
无论是白天还是夜里

我们的心从未分离
这世界变化无际
你的情就像今天夜里的雨
洒满在我的诗情画意里

我们的心从未分离
无论你在哪里
天涯海角我们的情谊不离不弃
我爱你　我爱你　因为你是我的兄弟姐妹……

味　道

我怎能忘记你的味道
淡淡的清香在身边缠绕
浪漫的感觉在高脚杯碰触的时候妖娆
娇艳的玫瑰红把我迷倒
这是甜蜜的幸福谁在叫好……

我怎能忘记你的味道
小品一口红酒想起你魂牵梦绕
是什么时候我爱上你的
看到你我就情不自禁地微笑
你总会笑着说这就是爱的味道……

我怎能忘记你的味道
轻吻你的醇香我忘记了烦恼
开心地笑　开心地笑
你说拥有你可以长生不老
我的爱酒堡　我的爱酒堡……

我怎能忘记你的味道
你是最美丽健康的味道
我和你的爱到天荒　又到地老
今生的情是前世种下的缘
品着红酒想着你爱酒堡一生一世真好……

故乡的思念

呼啸的高铁狂奔着
在这个多情的六月
窗外的处处绿色
是这个季节特有的符号
归心似箭的游子
更多的是对故乡的思念
那一片我成长的土地
端午节就要到了
我怀揣一颗感恩的心
踏上回家的旅程
我听到了故乡的声音
她总是那么亲切
那是母亲的声音
亲切的就像我已在故乡的怀抱
我熟悉的每一寸土地
虽然经常远隔千山万水
但我从没有一刻把你忘记……
我欢乐的童年
我儿时的玩伴
学校的读书声
一幕幕浮现在眼前
每每想你的时候
我都情不自禁流下幸福的泪……

穿越时空我来吻你

穿越时空我来吻你
我不知道和你相离的距离
每每我想你的时候　我都很开心
就像你站在我的身边……

穿越时空我来吻你
你的笑容是那么的美
那是燃烧我激情的烈焰
还有那娇艳诱人的唇

穿越时空我来吻你
每个夜深人静的时候
你都会出现在我的眼前
我欣喜和你的邂逅

穿越时空我来吻你
这么一个浪漫的夜晚
烛光下手中高脚杯里的红酒荡漾着
我们一起燃烧吧　我要吻你……

情 话

爱情是一篇写不完的情话
七夕　是一颗狂热心
千言万语的对话
穿越时空化作美丽的云
飘荡在你的天空
那是一颗心永恒的遥望
七夕　她在呼唤
你听见　还是没有听见
感受到你狂热的心跳
把思念填满
牵挂时在天边　又在眼前……

乡 音

乡音是不变的心
山南海北无论你来自哪里
心都连着心
兄弟般的情谊无比真

乡音是不变的心
一开口就知道是老乡
祖国大地我们根连根
酸辣苦甜一起扛不离不分

乡音是不变的心
中华的儿男顶天立地的人
风里来雨里去有一颗坚强的心
钢铁般的意志创造奇迹

乡音是不变的心
家乡醉人的童趣记得真
努力学习奋发图强为家乡建设要尽心
回家　想到回家热血沸腾想亲人

看着天上的星星我在想

看着天上的星星我在想
想着你　我的心上人
你在那遥远　遥远的远方

看着天上的星星我在想
目极之处是那闪闪的星光
像是你眨着眼睛诉说缠绵情长

看着天上的星星我在想
让我的思念飞到你的身旁
结实的胸膛拥抱你不再是梦想

看着天上的星星我在想
牵着你的小手散步
那该是　那该是多么的爽

看着天上的星星我在想
踏着彩虹云雾茫茫
躲开人间走在天顶之上……

看着天上的星星我在想
我们可以摸摸星星和月亮
吟诗放歌天上人间尽情奔放……

飘飘洒洒

飘飘洒洒
她来了
我呀　我喜欢她
密密麻麻
吻着我的脸和我的肌肤
还有我的头发
春天的雨
下吧　下吧　下吧
万物在为你欢呼
你到哪里
哪里就会发芽　哪里就会开花
下吧　下吧　下吧
我把你迎来
也会送你回家
看着你洒脱地离去
留下一片彩虹在天涯……

喜欢春天的风

喜欢春天的风
也许这是我对春天的眷恋
我喜欢看着星星
沐浴微风拂面的感觉

喜欢春天的风
喜欢你吹乱我的长发
喜欢你亲吻我的脸庞
喜欢伴你白天和晚霞

喜欢春天的风
那是我浪漫的记忆
因为我在春天和你相识
也是在春天相爱

喜欢春天的风
轻盈而温柔
多情的缠绵
在我身边四处弥漫……

为家乡的贫困孩子们买一身御寒的衣裳

每年的冬天到来
我都会有一点忧伤
因为我会想起
家乡那群家庭贫困的孩子
好多次　好多次在梦里
我梦到你们
一张张可爱的笑脸
掩盖了贫困的忧伤
我爱你们
我爱你们的坚强
想起你们　想着你们……
我控制不住流下热泪两行
我家乡的孩子们
你们好吗　你们过得怎么样
明天我要去看你们
送去精神食粮
我还要给你们买一身御寒的衣裳……

我心中的诗歌

——献给世界诗歌大会

轻轻地我走来
只为寻找你的气息
不期望天长地久
只想和你美丽地邂逅……

我寻找你很久了
从日出日落到花开花谢
走过春夏秋冬
望眼欲穿……

在历史的长河追寻探索
你是滋润我精神财富的食粮
你使我仰慕歌唱
我只为你而生　我的诗歌……

从我认识你开始
生活中多了笑脸和对浪漫的向往
我该怎么评价你
你就像我心中的太阳……

就是你

就是你
我已记起
好熟悉　好熟悉
因为你每天出现在我梦里

就是你
我自风雨中走来只为寻找你
在日月之光交汇的瞬间
我看到了你……

就是你
繁华的都市我不再留恋
只要和你在心灵的人生交流美丽
这长长的情不离不弃……

就是你
好温柔　好美丽
如那西湖中的传说清水涟漪
在我的心湖荡漾了千年……

就是你
在今夜我们相聚
举起高脚杯让红酒穿过肉体
双目含情醉在夜里……

总想起第一次见你的时候

总想起第一次见你的时候
那是一个浪漫的邂逅
你的出现犹如仙女下凡间
记忆打开我思绪飘荡的门
游历在你的世界……

总想起第一次见你的时候
无法关闭想念你的天窗
空气充满五彩晨光
一颗火热的心在爱的长河徜徉
你　你在何方　你在何方……

总想起第一次见你的时候
烟雨朦胧如天宫
世外桃源桃红柳绿
怀揣着感恩的心一起梦想
我心目中你纯情的模样……

总想起第一次见你的时候
花季的年龄
花儿飘香
我要用一首诗歌来描绘你
这个最美　最美的姑娘……

送给你平安夜的礼物

送给你平安夜的礼物
我想了 365 天
在这漫长的岁月里
我欣喜上帝把你送给我
你是我平安夜最好的礼物……

送给你平安夜的礼物
任凭我的思绪遨游
希望是那燃烧激情的烈焰
你是世间最美的花
为你我愿做辛勤的园丁……

送给你平安夜的礼物
听　平安夜的钟声就要敲响了
欢快的音乐响起
开心的音符在四处蔓延
你的微笑是我心中最美的乐章

送给你平安夜的礼物
来吧和我一起快乐
满世界铺满飘香的花儿
我的世界只有你　只有你
你收到了吗　我的爱和祝福……

新　年

新年是儿时的期盼
那个年代的我生活在农村
家里的条件不怎么好
小时候的记忆总希望过年
因为只有过年的时候
我们才能有好吃的　新衣服……

长大了　生活条件也好了
渐渐失去了对新年的期盼
又是一年　新年快到了
一年又一年不知不觉已近中年
弹指一挥间三十多个春秋
从指尖悄然流逝……

年轮的钟声一次次敲响
增长的不只是年龄
还有那颗依然渴望新年回家团圆的心
家　生我养我的地方
那里是我梦开始的起点
也是我的福地和归宿　家里有我的父老乡亲

浪漫的邂逅

那一天下着小雨
淋雨是我最喜欢的事
密密麻麻的细雨　亲吻着我
我微闭双眼感悟世界
陶醉着……

雨　温情的小雨在微风中斜织着
突然感觉雨停了
轻轻地　我睁开双眼
看到仙女般的你和头顶的花雨伞……

你望着我　我看着你
你知　我懂……
幽静的小路　蒙蒙的细雨
爱在心里升华　我牵着你的手走向远方……

梦回故乡

梦回故乡
我的少年时代
无忧无虑的时光
那时候天是蓝的
水是绿的……

三月这个季节
中原大地一望无际的麦田
还有那一片片金色的油菜花
是我儿时玩伴们的乐场
我们常常在这里嬉戏……

那一张张熟悉的笑脸
那一颗颗欢乐的心
世界是那么　那么的灿烂
梦里时而清晰　时而模糊
我沉醉在儿时的梦中……

故乡　我的故乡
穿过那一扇扇熟悉的旧门
我寻找着　寻找着
我那儿时的玩伴
还有我深情的记忆……

夕阳下我闻到炊烟的味道
我想起粗布素衣的父母
我的兄弟姐妹
还有我的玩伴和乡亲
梦回故乡　我流下思念的泪……

爱的味道

爱了
在这个多情的深秋
醇香浓郁的葡萄酒飘荡着
感受爱的味道

香味还有丰富的妖艳
让我产生了兴趣
从来不曾留意
还会有让我激动迷失的气味

好奇的心
关注的眼神
好像是发现了外星人
我开始倾注　我的全部

浪漫的情怀
把我带回少年时代
她是来自灵魂深处的花朵
爱的香味缠绕在我的整个世界……

我知道有一种相思的植物

从认识你之后
我知道有一种相思的植物
她的名字叫红豆

缘至则聚
我相信你是我今生的唯一
就像绿茵　我心田的春天

在我的诗歌世界里
写满了对你的祝福
每一首都是我的挚爱

我没有别的嗜好
翻阅你人生的画卷
陪着你　品着红酒　吟诗……

第二篇

云水禅心

不再忧伤

不再忧伤
因为我的心中有了太阳
那昨日的过往
我已经遗忘

不再忧伤
回头望望
你的背影已经消失
看到的是太阳

不再忧伤
感觉你依然美丽
我学会欣赏
鲜花开满　大地宽广

不再忧伤
岁月苍茫甜蜜的记忆
一浪　一浪
微笑着回放

不再忧伤
回头望望
眼中的柔情
像那燃烧的光芒
我把真情收藏……

朗读者：余　淼

心　路

心路
照亮了前程
这黄河之水
我们的母亲
这份情
一直埋藏在心里

春天来了
大地万物有了生机
世界
她需要爱

野心家
你在追求什么
请守住当下
去实现心中的梦

不灭的信念
激发我前进
让星星之火去燎原吧
心中的梦
是你
让我有了爱

爱酒　爱久
让这爱天长地久
　　心路
驶向你在的方向

朗读者：慧　子

玫瑰花笑了

玫瑰花笑了
你的眼睛是那西湖荡漾的水
性感的往事
从柔唇里流淌出动心的天籁
在春雨的滋润下越发美丽

美丽的玫瑰　笑了
皎洁的月色
沐浴你纯洁的花瓣
我情不自禁　轻吻你的额头
还有你的满头秀发

美丽的玫瑰　笑了
这笑声是动人心弦的音符
看着你　看着你　看着你
我忘记呼吸
温柔的风　伴着迷人的你

美丽的玫瑰　笑了
最美的微笑
是千年的蓄锐
清香在空气中缭绕
相约　相遇在今生今世这里
……

朗读者：一枕小窗

一棵树的心声

我一直在想
如果生命有来生
我要做一棵树
顶天立地
没有悲欢离合
一半在土里吸收能量
一半在空中茁壮成长
沐浴着日月的光辉
成为你生命的伞
……

朗读者：李 黎

心　河

夕阳慢慢地走了
天边留下一片晚霞
还有潺潺的流水
在心河缓缓前行
淡淡的花草香
弥漫在月光下的星空里
微风轻拂
含笑的脸上透着迷人的光彩
往事涌上心头
忘了何时
曾经飞舞的双蝶
淹没在蓉城的夜里
你那迷人的笑脸
在记忆的长河里永驻
相逢在春天
让念想化作满天的星雨
洒满在你的生命里
花儿笑了　春天醉了
那是一朵盛开在春天里的爱情花……

朗读者：朱子慧

向幸福出发

慢慢地向你靠近
我迈出轻快的步伐
走吧　通向你在的家
那是我的天堂　幸福当下

向幸福出发
坚定的脚步目视前方
心里只有你
听到你的欢呼　来吧

向幸福出发
脚下的道路虽有坑坑洼洼
健步如飞武侠奇葩
我温暖怀抱让你一生靠吧

向幸福出发
天南海北　春秋冬夏
因为有你　我心中之花
爱上你　我开始吟诗作画

朗读者：李　琨

观　心

微风轻拂夏荷莲
鱼儿水中伴红颜
忽有一阵暴风雨
天地相连只一线

树影成荫如阳伞
夏日激情似火焰
心静四季如春天
笑看沉浮似云烟

葡萄仙子

陶醉我的葡萄园
酒香引来天上仙
满山葡萄仙子来
抚琴品酒在人间

抚琴品酒在人间
犹如瑶池盛宴在
羞掩纱窗情万千
举杯同饮醉神仙

举杯同饮醉神仙
轻舞凌霄弄武拳
葡萄园天上人间
赋诗醉酒好浪漫

赋诗醉酒好浪漫
葡萄园中如上天
千树万树葡萄园
今宵相伴赋诗篇

一种习惯

夜幕来临红酒相伴
在每一个想你的夜晚
都有一杯红酒
我已经习惯
思绪在夜空中缭绕
就像你美丽的容颜在我眼前

就这样想你
似乎已经演变成一种习惯
看着你的双眸
诗歌中多是对你的思念
听我用尽一生的纯真向你倾诉
借助文字默默静守在你身边

思念之情千言万言
就让这无法言诉的思念随风飘散
飘洒到你的上空
我祈愿　我祈愿
一片　就一片落到你的唇间
那是我的深吻伴你康健

你的微笑

我清晰的激动
一次次
陶醉在你的微笑里
那一汪深情的笑
像花香弥漫般荡漾在我的心头
激起时光的点点多情涟漪
是心头绽开的明媚花朵

你的微笑
让我一次次感动着
时时欣喜
又像是飘荡在我耳边的音符
在淡淡的相思中
刻画那最温情的风景
陶醉着　陶醉着

在我狂野的青春里
不再奢望有更诱人的邂逅
只愿在那温柔的阳光里
和你相遇
与你携手
在浪漫的岁月里吟诗作画
……

心和世界

人的心很小
世界很大
很大的世界在很小的心里
远方　远方
踏上成功的征途
长长的路
凝固在地球的背上
未来在何方
喧哗的都市我已厌倦
我向往自由自在的天空
如果不能在阳光下放肆地伸展
那就让我　那就让我
在大草原的绿草地上安然入睡
静静地　静静地
如果美丽需要幻想
那我就在无限的空间里徜徉
一杯红酒　一首诗歌
如果爱情需要伪装
那我就去梦里寻找理想
心很小　却大过世界……

大道至简

学识的渊博
不是为了征服别人
而是为了看清自己的渺小

财富的丰厚
不是为了炫耀奢华
而是为了增加扬善的担当

地位的显赫
不是为了孤芳自赏
而是为了率众前行

力量的强悍
不是为了欺压弱小
而是为了利益众生

一个人有了能量
不是为了满足私欲
而是为了承担更多的使命……

天道酬勤　人道酬善
大道至简　人间正道是沧桑……

打开心灵的窗

打开心灵的窗
自由去翱翔
蓝天下　白云在飘扬
飞向我的梦想

打开心灵的窗
我看到了希望在向我招手
在前方　在不远的前方
阔步前行浑身有力量

打开心灵的窗
阳光万丈
一路美景　一路花香
收藏在我的行囊

打开心灵的窗
我才知道　我有宽广的胸膛
真善美可以开启智慧的宝藏
让生命之花精彩怒放

打开心灵的窗
我看到了你　我心爱的姑娘
你手捧鲜花等我在路旁
牵着你的手　一起追逐梦想
一起感悟世界的芬芳……

心动的凝视

不知何时
忘记在何地
在梦里那个心动的凝视
一次次震撼着……

我渴望
震动心灵的凝视
为了这一刻的来临
我静静地期许和寻觅

美丽的桂林
青山碧水
放飞我的思绪
轻轻地呼唤你的名字

蓝天白云
挡不住思念
那心醉的凝视
是我夜里的梦

海　海市蜃楼
紧紧地抱住你
让我结实的胸膛
成为你今生的暖房

我要和你一起
拥有春暖花开
拥有夏日骄阳
拥有秋日收获
拥有冬日的黑夜不再漫长

紫砂壶里的人生

一把紫砂壶
注入玉龙雪山的水
翻出珍藏多年的普洱
品味人生的真谛

一把紫砂壶
装上三月的新绿
岁月的火炉
燃烧快乐的人生

一把紫砂壶
轻舞手中的茶茗
浪漫的丽江
温暖的阳光多了感动

一把紫砂壶
流畅的一汪春水煮腾
多了诗　多了情
在我人生的杯盏里盛满永恒

无欲则刚

无欲则刚
是人生的态度
更是美好生活的境界
心有天下是智者
奉献是心灵的美丽

无欲则刚
在万卷书中感悟人生
就像四季的轮回
过往的岁月都是自然
学会在淡泊名利中超脱

无欲则刚
让那世界的是是非非
都成为自然的尘埃
向往自由的呼吸
和那赋诗放歌的豪迈

无欲则刚
爱　放下更是大爱
爱　在对社会的奉献中永生
爱　心中爱的旗帜鲜明
奉献吧　让博爱在中华传承

感之语

自然界处处有感动
心语间灵犀有真情
四季重生
姹紫嫣红了鲜花
美妙动听了情歌
醇清芳香的葡萄酒
盛满了温馨的祝福
时时刻刻温暖着我的心房
握一支笔
写下浪漫的诗歌
一句问候
留下温情的关怀
一条信息
无法言悦的情意
一段情
深深触动着心灵
爱情
人间最美的画面
醉美人生的永恒

青 春

青春
是人生的释然
是一种心态
和对人生的感悟
让青春的岁月盛开心花
一场盛世的繁华
愿不倾城
也不倾国
只倾尽我所有
简单幸福的生活
单纯而平凡
一支神笔
一杯红酒
一颗爱心
一个健康的体魄
唱响青春永生的歌

云水禅心

一滴水
一颗菩提
一粒尘埃
念别两无猜

初识梦在
爱念来
莲花若然开
心道禅
缘生在
万丈红尘
轮转千百
渺渺往事
谁又来
月挂天边
念念忘怀

一滴水
一米光
相约窗外
云水禅心
心道禅
莲花若然开

上善若水

做人如水

你高　我便退去
绝不淹没你的优长

你低　我便涌来
绝不暴露你的缺陷

你动　我便随行
绝不撇下你的孤单

你静　我便长守
绝不打扰你的安宁

你热　我便沸腾
绝不妨碍你的热情

你冷　我便凝固
绝不漠视你的寒冷

上善若水　从善如流
如水人生　随缘从众

杯酒人生

人生就像一场旅行
不在乎目的地
在乎的是沿途的风景
以及看风景时的心情

每个人
都是一道风景
在风景怡人时
相互间会用心去拍摄
珍藏下美丽的记忆

每个人
都是一本书
在旅途中　静心阅读
记录下美好的心情

每个人
都是一杯酒
细心品味
留下一丝别样的味道

心灵的沟通

心灵的沟通
无需语言
相交于心灵
由情开始
是心与心的交融

心灵的沟通
回归自然
深情于一举一动
忘情于所有
因为有你占据在心中

心灵的沟通
无私的奉献
对你的欣赏
时时刻刻动容
爱像血液一样在涌动

心灵的沟通
陶醉在你似水的温柔
芬芳了岁月的流年
因为懂得
爱无需甜言蜜语
她在一举一动中

微笑的魅力

微笑的魅力
她像美丽的鲜花
给人温馨
又像阳光洒下的正能量

微笑的魅力
她是一种神奇的语言
又像万能的钥匙
可以打开你的心门

微笑的魅力
她像我心中的女神
不经意间
掠走我的灵魂

微笑的魅力
折服在你的世界里
享受温暖的滋润
在微笑中感悟人生
在微笑中升华身心
　……

生 命

生命的开始
一颗小小的种子
上帝赋予了她生命
蕴藏着无穷的力量
开始生命的征途

生命诚可贵
利他价更高
生命不在于寿命的长短
在于生命力持久的过程
和整个鲜活生命的品质

人生的态度
是一种正能量传播
阳光雨露对万物的孕育
美好生活过程的乐观态度
积极向上的拼搏精神常在

人生的过程
就是一次浪漫旅行
明确出发的目的地
做大爱的传播者
欣赏沿途的一路风景
在心路的世外桃源享受生活
……

思 念

思念
她是美的向往
我喜欢在一起
更喜欢思念的感觉
就像欣赏天上的彩虹

思念
奔驰在宽广的高速上
路边树绿花香
万物茁壮成长
这一望无际的美好景象

思念
像是长上了翅膀
带着我的思绪在空间翱翔
天上人间美好清爽
六月今天丰收希望

思念
我的心陪伴你身旁
默默地注视远方
让微风带话爱你地久天长
思念是你我大爱的成长

娶了微笑

不知道从什么时候开始
我的心被你俘获
那是一片神奇的天地
笑看潮起潮落

那是花开的季节
你翩翩起舞　和我相拥
从此你住进了我的心里
拥有你　我无比快乐

阳光洒满大地
目及之处鲜花开满枝头
丰收的季节秋天来了
喜悦在心头流溢

风雨属于大地
自然的四季是时空的轮回
我想　我还要什么
有你和健康快乐就够了

一样的与不一样的

一样的眼睛
有不一样的看法
一样的心
有不一样的想法
一样的路
有不一样的走法
一样的耳朵
有不一样的听法
一样的嘴巴
有不一样的说法
一样的人
有不一样的活法
一样的情
有不一样的爱
一样的爱
有不一样的情

道

一缕阳光
洒在哪里都是光明
一片叶
落在哪里都是归宿
一朵花
开在何处都是芳香
一双脚
走到哪里都是道路
一颗心
安到何处都是幸福
心中有阳光
走到哪里都是温暖
眼中有美景
身在何处皆是春天
幸福当下　快乐当下

有一天我们都会老去

有一天我们都会老去
你想过吗
当那一天来临
两鬓斑白　睡意沉沉
我们在当下的青春岁月
有没有留下可点可赞的光辉事迹
坐在夕阳下微笑着浪漫回忆
追忆那如梦的年华
像是沉醉在五彩缤纷的梦里

有一天我们都会老去
你想过吗
那时候你眼神柔和　把美好拾起
多少人曾爱慕你青春妩媚的倩影
多少人为你的美貌着迷
是真的　还是假的
望穿秋水　把爱留在心底
一定有一个人爱你胜过爱他自己
青春年华好好珍惜　换来相伴朝朝夕夕

距 离

距离　在眼和心之间
从我目光所及之处
到我心里那份最美的徘徊
我总是有惊喜的发现

距离　在眼和心之间
我奔波着
只为寻找心灵的乐土
乐驰不疲

距离　在眼和心之间
阳光射穿云亲吻大地
我该怎么呵护你
我的宝贝……

距离　在眼和心之间
你知我懂
这是水和鱼的关系
我们无处不在……

怒放的生命

怒放的生命尽情绽放
奋搏永无休止
　　　　　　——题记

奔驰的列车呼啸着
窗外那一片片绿色是大地的新装
我听到时空与万物的对话
太阳徐徐升起
和谐欢快是这个时代的主题……

自信成长的光芒照耀着
生命犹如璀璨怒放的鲜花
长开人间永不凋谢
兴奋不已的我尽情享受临明的晨露和激扬
奔波着乐此不疲
临明前狂野是如此的安静
我清晰地听到庄稼和小草的拔节声
这里好像是一场万物齐奏的音乐会
天籁般的音符在广域荡漾
阳光普照大地　我尽情捕获缥缈的唯美……

我相信自己
一如既往陶醉的大自然的怀抱
如此沉迷
我相信天地之间那份纯真的情
尽情地挥舞我怒放的生命……

珍惜与感恩并存

我喜欢夜　因为夜里很静

花园里漫着步　一片静悄悄的

空气中弥漫着花的清香

心跳和花儿的拔节声是这里别有的韵律

北京近期的天气很好

满天星斗闪耀着

一别那尘封的雾霾

空气好　心情也好

寂静的夏夜　心事随风飘扬

远处偶尔知了的叫声划破夜空

牵引我仰望星空的双眼极目远眺

想要看到你的身影……

我喜欢寂静的你

你的一切在我心里都很美

我喜欢与你眼神和心灵的交流

因为有你　我知道珍惜和感恩并存……

寂 静

身处都市
我依然喜欢旷野的寂静
喧嚣中保持沉默
是我对骚动不安的拒绝
喜欢在众人之外
一个人静静地享受音乐
花花绿绿的世界
哪里会有寂寞

遨游在诗歌的长河
忘了所有
只记得你　和我
动人的　优美的旋律响起
在这个秋季
窗外的黄叶开始飘落
有一点伤神
想着你的笑容　你一定在笑我……

放下吧　放下吧
放下生活中的琐事我们才能快乐
朴实是我们想要的
从明天开始
放弃纷争　放弃虚荣
只为你做一件事……

诗 趣

吟诗作画赏花

不想入梦

少年弄武

雄壮体魄英雄

他日有了吟诗豪情

从头越唐诗宋词

有古有今生

三十载春夏秋冬

何去何从

雄起

多少个日日夜夜三更

滴水穿石　迎天明

一杯红酒　一首诗　一生

你是否来过

有时候我会想
你是否来过
一个人的时候
人和树有什么区别
静静地迎阳送月

几经风雨
日月轮回
花开花落
哭过笑过
没有寂寞

我相信你是真实的
时空是虚无的
万物是梦幻的
天地是存在的
你是来过的……

遇 见

这是上天的恩赐
让你我在今生相遇
穿越千古的诗情
为前世之约
追忆恒久的记忆
你可想起　可想起
北固山前湖水之上的烟雨蒙蒙
你可想起　可想起
功名利禄不过是过眼云烟
在这个诗歌的国度
你我遇见
就像那三月含苞未放的花朵
如此动情　妖艳
一切的一切　都是必然
轻轻地　静静地
感悟人生的真谛
如此浪漫　如此美丽……

明月在我心头升起

明月在我心头升起
与窗外湖面上荡漾的湖水呼应
弯弯的月儿勾住了我的思念
一股暖流涌上心头
这是我对你不断的念……

明月在我心头升起
夜色里轻轻飘洒的雪花
轻盈而美丽
就像你披着绒纱在翩翩起舞
优美的舞姿让我着迷……

明月在我心头升起
荡漾的湖面上
是谁搭起一座心桥
那是通向你的家
我欣喜和你的偶遇……

明月在我心头升起
我看到你手捧鲜花在向我招手
春天的暖阳是你在我心头的笑脸
总是在梦里和你相聚
美丽着　浪漫着……

无　我

无我是一种修为的境界
我常常告诫自己
要有一颗平常的心
抛弃争端
在祥和喜悦的春天和你漫舞
我喜欢和你一起
这种喜欢发自心里
我常常陶醉在你的怀抱里
拥吻华丽的文字缠绵
静听天籁般的音符响起
这是你温柔的声音
如此这般一天一天　一月
一月一月　一年……
就这样幸福着　歌唱爱的诗篇

人　生

人生有三种
生存　生活　使命
年轻的时候为生存奔波
中年的时候放弃享受生活
我认为我是为使命而生
做一个爱的使者

现实中有鲜花　有掌声　也有泪水
我坚信我是被汗水和泪水浇灌的花
因为我的笑容如美丽的花朵
就像四月里的暖阳把爱洒向人间
感恩中华这片肥沃的土地养育了我
我自豪　我快乐着把爱传递

历经三种人生
品味汗水里的盐　感悟泪水中的苦
我常常在睡梦里看到
曾经那一个个在生存中挣扎的孩子
现在他们在爱的滋润下健康快乐成长
我无比欣慰　内心深处忍不住地激动着……

不一样的结果

沙子是废物

水泥也是废物

但他们混在一起成了混凝土

都成就了对方……

鲜花无比美丽

汽油提升了速度

但他们混在一起就成了废物

彼此摧毁了对方……

是精品还是废物不重要

重要的是　看你跟谁混在一起……

旺季与淡季

人生只有两季
旺季和淡季
你要想你的人生永远旺季
就要全力以赴
反之懈怠不前就是淡季
为每个拥有旺季人生的加油
希望你们永葆青春……

雪与爱

万物都有爱情
雪的爱与地相融
她的生命自然形成
冰冷的季节　她是美的化身
从天而降美化心灵
拥抱大地　写满深情

深情的拥吻
她毫无保留地把爱献给心上人
以融化自己生命的忠贞
谱写真诚

相拥啊　亲吻啊
她的美很短暂
但却融进新的生命
万物复苏百花争鸣的时候
怎么能忘记你
雪化成水的大爱牺牲……

融化成水的雪啊
大地感恩着你　你一定知道
因为有你　美丽的故事在传颂
爱过　拥抱爱浪漫永恒……

远 方

远方
那是心里最美的地方
一路追逐前方
在路上心中的梦想

远方
从没有停止
只为能离你近些　再近些
在路上你的美我会驻足欣赏……

远方
注定要做过客
在你的世界……
千姿百态尽情豪放

远方
是我们的期盼
又是我们挥洒汗水浇灌的地方
总希望会有一天站在远方之上……

远方
我爱的心田孕育
化作一场春雨
让四季如春　沐浴阳光……

潇洒人生

人生千秋潇洒梦
一笑万古情
高脚杯葡萄酒香九州
花好月圆情正浓
只为多情醉
牵手相伴不风流
做个好男儿
报国爱家赛梧桐

如果可以

如果可以
我好想回到从前
碧水蓝天下我手捧书卷
一个人静静地阅读
不问世事变迁……

如果可以
我好想回到从前
演武场挥洒汗水
师兄师弟摩拳擦掌
擂台上争霸掌声震天

如果可以
我好想　好想回到从前
小河旁戏水
儿伴们欢歌笑语
好像就在昨天　渐行渐远

如果可以
我好想回到从前
朵朵白云下
老旧的破屋前
吃着粗茶淡饭心里美甜

如果可以
　　我好想回到从前
泥土的气息　野花的幽香
儿时的玩伴　曾经的童年
一起躺在满天繁星的夜空下
　　梦想我们的明天……

诗酒人生

我喜欢酒的味道
也喜欢醉的感觉
偶尔的醉
是一种心灵上的愉悦

有人说　不用香水的人
是没有味道的人
有人说　不会喝酒的人
是不解风情之人

我爱上的不仅是红酒
而是端起高脚杯的瞬间
将诗意和心事融入酒中
品的不仅是酒　而是一种情怀

一点伤感　一点回忆　一份喜悦……
一些想念和一些无法对别人诉说的故事
把愉快和不愉快的事融入酒中
我们一起慢慢地品　这就是人生……

带刺的玫瑰

美的产物
都有自我保护的方式
就像带刺的玫瑰
她既给了我美和芬芳
也会给我不经意的伤

带刺的玫瑰
静的时候我会想
这个美中含着的忧伤
玫瑰和百合艳遇产生久长
我给她起了个名字叫海洋

有时候你的温暖是阳光
有时候你是忧伤的月亮
我还想给你加上四季常开的花香
想你的时候我是安静的
你的笑脸是燃烧我激情的希望

爱　不是寻找一个完美的人
而是学会用完美的眼光
欣赏一个不完美的天使模样……

第三篇

春华秋实

精 彩

精彩
背着梦想
行走在人海
一路美景
为人生喝彩

精彩
春天里树绿花开
百鸟在枝上嬉戏恩爱
梦中的生活
正走进现在

精彩
爱酒梦我们起航开来
高歌未来心潮澎湃
欢歌笑语爱酒大爱
创新之花遍地栽

精彩
为新时代喝彩
中国梦成就英才
学习　创新我们明白
让我们的人生更精彩

朗读者：张讯诚

醉美人生

在这生来徬徨的世界里
既然选择站上搏击人生的擂台
便只顾风雨兼程
我们保持青春的愤怒
执着于远方的梦想
尽管前景迷茫　密布荆棘
但是　年轻的心从来不曾畏惧
因为我们知道
只要历练坚守　彼岸指日可达

寻梦途中
总有无法抵挡的诱惑
然而　青春无价
怎可掳掠我们倔强的绽放

创业路上
满腔澎湃总会遭遇失意和困惑
然而　哭过醉过
又怎可摧折我们因梦存在的勇气

创造　唯有团队精神的偕力之凝聚
方能收获掌声和青睐
价值　需要慧眼识珠者的准确衡量
方可挥洒自如　人尽其才

而爱情总是滋生在同梦相惜的彼此间
在杯酒碰撞的一刻怦然心动悄然蔓延
跟往事干杯　为明天喝彩
为曾经的青春狂想托举起此刻的荣耀

为共同的梦想壮行
爱酒堡　醉美人生鲜花永放
为爱珍藏
一杯亘古浪漫的爱情美酒　伴梦共绵长

朗读者：闫　妮

爱 久

想到了就要行动
出发踏上通向成功的路
从现在开始我要
唤醒你内心渴望成功的欲望
坚强你的意志
磨炼你不屈不挠的体魄
出发　出发　出发
在前行的路上每天和你分享成功方法
点燃你　激发你
放飞梦想　在自由的天空翱翔
从此成功在不远的前方
从此创业不再艰难
从此创业不再有忧伤
从此微笑挂在脸上
因为有我在你的身后把风雨阻挡
我会一直陪伴着你们
爱酒堡的后天亲人
直到看着你们成功实现梦想
把爱分享　这是我们的使命
奋斗　奋斗　奋斗
鲜花和掌声伴着我们成长歌唱……

朗读者：刘红霞

在夜里

在夜里屹立窗前
我看着天宫的明月
还有那满天星
光阴的时速在穿越
昼与夜的交点
我站在这　时而也站在那
黑夜的尽头
是光明的开始
那一点点　一滴滴凝聚的
是可以燎原的星火
缓缓地前行沐浴日月星辰的光辉
告别羞涩
留下昨天的记忆
雄起　迎接明天的朝阳……

朗读者：代　代

行动是无坚不摧的力量

行动是无坚不摧的力量
沿着梦想奋斗在通向成功路上
一路前行飘洒汗水
满腔热血　激情高昂
爱是我生命不息的源泉

行动是无坚不摧的力量
勤劳是我的天赋
我把爱的种子种在肥沃的大地
春雨浇灌
沐浴着日月光辉成长

行动是无坚不摧的力量
广阔的天地
是我希望的战场
冲破世俗的道道禁锢
世界为我们欢呼　呐喊　歌唱

行动是无坚不摧的力量
我爱您中国　我的家乡
因为有您五星红旗在世界飘扬
让爱无处不在
开满鲜花散发清香是我的梦想

朗读者：高梓桐

视 野

望苍茫大地
谁主沉浮
在世界的舞台
天道酬勤

一个人能走多久
靠的不是双脚
而是心中的梦想
还有伟大的使命

雄鹰志在翱翔苍宇
一个人能登多高
靠的不是身躯
而是坚强的意志

强者心系天下
一个人能做什么
靠的不是双手
而是智慧

一个人能看多远
靠的不是双眼
而是他的胸怀
装得下世界
世界才是你的舞台

朗读者：汪安迪

认识自己

责任就是方向
经历就是资本
性格就是命运

复杂的事情简单做
你就是专家
简单的事情重复做
你就是行家
重复的事情用心做
你就是赢家

美好属于自信者
机会属于开拓者
奇迹属于执着者

心中的梦

满天的星辰
把世界点缀得如此美丽
坐在窗前
看着窗外
那有着诗情画意的明月挂在天空

凝视你
月宫的嫦娥
翩翩起舞
优美的舞姿
舞出撼天的惊叹

默守着一段情
以思念为伴
相思的美展现
还有相思梦
独影映于月宫
洒一幕泪水为镜
点亮心中的灯
月光下穿越时光
直达记忆深处

岁月轮回
总是静谧得让人遐想
走不出忧伤的心门

往事盈溢于心灵
一如潮汐
悄悄地漫过

抬头仰望夜空的月星
一种激情在燃烧
激励我去实现心中的梦

成功的希望

烛光　像萤火虫一样
淡淡地放着光芒
红酒　如玫瑰花一样
幽幽地透着清香
一群在情感世界里拓荒的男人和女人
在这如诗如画的午夜
肆无忌惮地荡漾和疯狂
杯盏交错中
白昼的喧嚣和浮华已悄然远去
欢歌笑语一浪高过一浪
仿佛回到了逝去已久的年轻时代
梦想和现实在赋予了新的灵魂后
展开了翅膀　自由地飞翔
是什么样的一种力量
让我们如此留恋
又是什么样的一种力量
让我们如此难忘
烛光眨着眼睛轻轻地告诉我
是天上那颗刻着名字的星星
爱酒堡一直在慈祥地把你们凝望
只有感恩、学习、创新、计划、行动　我们才有希望

征 程

征程
天还下着小雨
飞驰在去机场的路上
微微打开车窗
呼啸的风卷着细雨闯入
一阵清爽

征程
我又踏上征程
因为我是一个战士
我向往和平的世界
我喜欢奋斗的乐趣
我愿意做这个大爱的使者

今夜
伴着你的歌声
吹响奋进的号声
这种思想的交流共鸣
只因有了你
我的女神

今夜
行走在人生的道路上
你是我的期盼
今天这难忘的夜晚
游子心中的明灯　有你为伴
感谢你　女神
我心中的美　如春天

患难中的永恒

患难中的永恒
那是往昔的梦
走过春夏秋冬
看到天上彩虹

患难中的永恒
生命那浮华的岁月
你越分辨　越不清
周围的善恶美丑

患难中的永恒
人生没有完美
只有不完美
才是最真的美

患难中的永恒
人生没有一帆风顺
只有披荆斩棘
才能路路通

患难中的永恒
人生也没有永远的成功
只有在挫折中站起
才是真正的成功

患难中的永恒
人生没有永恒
只有闪光的人生
才是生命的永恒

年轻的心

年轻的心
我喜欢想象
向往那神奇的世界
还有梦幻般的力量
带着我自由地飞翔

年轻的心
充满激情创造梦想
新时代高科技
给我们的梦想插上翅膀
飞翔　飞翔

年轻的心
如刚升起的太阳
我的世界洒满阳光
春天是我的季节
成长　成长

年轻的心
我边走边唱
沿途的美景我喜欢欣赏
这世界多么的美丽
年轻的我浑身是力量
爱久　把健康送上
我们一起飞翔
我们一起梦想
行动在成功的路上

信 心

信心
是通向成功之门的钥匙
是人生思想的升华
是无坚不摧的力量
是到达成功彼岸的航母

信心
是一种状态
是正能量的存在
信心我喜爱
我在你就在

信心
好可爱
你在美好都在
和你拥抱春暖花开
拥有你我更加可爱

信心
爱上你
是我成就大爱
美好的生活都在期待
有你是天上人间现在

等 待

等待
等待是一种无奈
每天的日出日升
花开花落
分分合合
都是结果　我们无须等待

等待
春天来了
太阳出来了
我们的激情也来了
现在开始
去开创新的纪元吧

等待
它骗了我们
只有行动现在
我们才有真正的未来
行动
是最好的表白

等待
在这里春暖花开
放飞我们的梦
遨游在希望的海
成功在向我们招手
现在行动　我们无须等待

黑 夜

漆黑的夜

黑到伸手不见五指

离你很近

近的可以听到你的心跳

可感觉不到你

夜好黑

黑了不知多久的夜里

还有我怀里飘荡的空气

今天在这里

明天又会在那里

奔波着

我相信用不了多久太阳会赶走夜的黑

……

青春的脚步

迎着朝阳
我踏上去远方的路
那一路的鸟语花香
丰满着我的青春
辽阔的中华大地是我的根
祖国长城黄河母亲
伴着我一路前行
为我加油
成功希望在不远的前方
头顶着太阳
一路豪情一路歌
我把美景收在行囊
边走边想　远方
青春　是日不落的太阳

新的起点

现实多半很苦
但总是伴有一丝甘甜
人生坎坷不断
但总有希望带着你走向终点
我不想走你的旧路
每天相同的路上不缺少我一人
到底能够走多远
不急　时间会告诉你
我心中的巅峰　终点
人生很短　只走自己的路
我是泉涌　创新才是我的起点

春华秋实

秋风吹来谷稻香
丰收之际农民忙
不问东西天地事
一片大好照东方

闻鸡起舞两茫茫
长卷泼墨不思量
唯有丹心迎朝阳
开心健康长长长

人　生

倾情一世繁华
淡然吟诗作画
游遍九州风光
不恋春秋冬夏

轻吟一句情话
执笔一幅诗画
绽放一地心花
畅谈古今品茶

同饮一杯红酒
牵手一路美景
潇洒走遍中华
无为心中念她

爱像梅花傲骨
何惧寒风雪打
千古不变神话
笑傲释然天下

路

路
人走得多了才是路
路在脚下
人生没有绝望的路
只有绝望的心
绝望的另一端就是希望
危机的尽头就是转机

路
有人才有路
人生犹如挖金矿
有时也会出现断层
只要找准矿脉
一镐一镐地挖下去
总有一天会挖到金子

吹响号角

吹响号角
我听到前方胜利的召唤
精神抖擞
迎接新的挑战
天还没有亮
我毅然决然踏上新的征程
只为心中的梦
大爱的队号在耳边齐鸣
响亮的队呼地动山摇
神州大地万物欣荣
欢快嘹亮的歌声在云霄荡漾
人生道路上的勇士们
挑战创新是我们肩负的使命
中国梦是我们飞翔的翅膀
振臂欢呼为社会服务
我们奉献自己力量……

我坚信自己的梦想

我坚信自己的梦想
有路就大胆去走
有梦就大胆飞翔
若要成功
就要大胆去闯
坚定才应该是我们的信仰
不敢做　不去闯
梦想永远只是一个梦想
要知道　逆风更适合飞翔
你可知道每一个险恶的浪
都会有浪花绽放
边走边欣赏　才是人生的真相
梦想可能逆着方向
一路飞翔翅膀可能有受伤
前行的路　不怕万人阻挡
只怕自己投降
人生的帆不怕狂风巨浪
只怕自己没胆量
加油　走在通向成功的路上

成　功

没有经历痛苦的人
不会强大
没有流过泪水的人
不会有坚强
当你下定决心追求卓越时
世界都会为你让路
当满脑子全是目标时
剩下的只有方法和成功
我们不一定赢在起跑线
但一定赢在转折点
只有相信和坚持才能取得胜利
只有努力和行动才能拿到结果
有成就的人永远在寻找机会和方法
失败者都在寻找借口和理由
人生要想成功
首先要学会改变心态
当你心态变好了
成功之路也将不再遥远

走向成功

走向成功
背着梦想走向前方
走出祖祖辈辈没有走出的村庄
一路上鸟语花香

走向成功
贫困的家乡我从没遗忘
坚定意志用心去闯
只为改变家乡的模样

走向成功
离开亲人离开家乡
风雨兼程全力以赴实现理想
路长山高脚步丈量丰满着我的胸膛

走向成功
每天的太阳升起是我坚持的力量
展翅高飞把大爱传扬
爱吧　让大爱之花香满世界每个地方……

务虚与务实之间

时间　抓起了就是黄金
虚度了就是流水
书　看了就是知识
没看就是废纸
理想　努力了才叫梦想
放弃了那只是妄想
努力　虽然未必会收获
但放弃　就一定一无所获
再好的机会　也要靠人把握
而努力至关重要
只要你选择的方向正确　就放手去做
在正确的方向上　坚持不懈一定成功

一个诗人

我只想
把所有的文字巧妙地组合
变成诗歌

我只想
把天地相融
绘成诗河

我只想
把美妙的音符汇聚
让你陶醉

我只想
你就是我的全部
爱海滔滔……

全力以赴

——写给福友会的同仁

因为梦想
我们走在一起
深夜了
听前行的路上依然车水马龙
车轮奔向远方的光明

因为承诺
我们风雨兼程
我们是有使命的
目标就在前方
坚定信念阔步向前冲

因为信任
我们全力以赴
再黑的夜　再长的路
都挡不住我们前进的脚步
携手并肩真英雄

因为成果
我们勇于攀登
挥汗如雨看到不远处的曙光
还有那雨后的彩虹
欢呼吧　我们即将成功

追 寻

闻鸡起舞
我踏上征程
丈量广袤的世界
在天地间每寸土地上留下足迹

接近你的距离　路还很远
我坚信　全力以赴春暖花开
前方的你在微笑着招手……

追寻　那未知的世界
为你　创造奇迹
我轻轻敲开每一扇陌生的门……

两个世界

我从乡村走来
信心是我唯一的希望
一步步坚定地走下去
那是我的开始

两个世界
一头是帝都的繁华
一头是农村
大地是我栽满创新之花的战场

乡村开始退落
城市的喧嚣把一个个村落带走
无边际的车水马龙
改变着世界　世界……

征 程

我喜欢行走在路上的感觉
一路的风尘和美景
我很享受
多少年历练　多少年风霜
在一个个繁华的城市之间穿梭
辽阔的草原　无际的大海
东西南北留下我的足迹
在一片又一片的土地上探索
只为创新　只为寻觅
实现一个又一个的梦想
家在前方　希望在前方
幸福在前方　你也在不远的前方
诗歌是我弥漫万径风烟的铿锵
让英雄的风采倾情绽放
挺拔的脊梁　是中华儿女本色
让中华五千年的文明在世界芬芳……

第四篇 天地人和

心 雨

我喜欢雨
我知道很多人都喜欢雨
每一次下雨
我都会站在雨中
感受天地相融的这种感觉
今天又下起了雨
密密麻麻地斜织着
时而大　时而小
时而急　时而缓
这种感觉很美
就像你的十指遍耕我的肌肤
我常常陶醉在你的世界里
静听风雨……

朗读者：姜泉甬

浪　花

烈火燃烧的夏日下班了
夜幕降临
此时的晚风少了热意
我喜欢晚上散步
这已是很多年的习惯了
吹着风
伴着这北京少有的星空……

今晚的月色很美
花园里的花儿
迎风起舞
我着迷地看着她们
那优美的音符在耳边缠绕
我仿佛来到了蟠桃园
从天而降的甘露轻轻飘落没有凋零……

夜色下
百花齐放万紫千红
日月的轮回
才让这世界和人生有了意义
你说这世界上没有永不谢的花
我说有　我送过你的浪花
我笑了　你也笑了
才有了这刻骨铭心的记忆
……

朗读者：一丹传奇

阳 光

有时候我会想
我是否有过悲伤
可能有过……
那是你留给我的
当然更多的是阳光
我相信自己　总把美好分享
爱了就要地老天荒
说什么寂寞　说什么忧伤
只要你愿意
我相信微笑就会挂在你的脸上
忘记所有　心中填满希望
因为有爱我们要天天向上
爱在阳光下　美在心上

朗读者：灰格格

花的世界

忽如一夜春风来
千树万树桃花开
在四月　这个花的海洋里
我的思绪随风飘荡
那一朵朵含苞欲放的娇艳
已经开始绽放
置身于花的世界
忘却了　忘却了所有
那朵朵迷人的笑脸
占满了枝头
忍不住对每朵花的眷恋
走走　停停
心已荡漾
微笑着　这是世外桃源吗
你匆匆的行色
突如其来　而又要匆匆地离去
思念　有过思念
亦繁盛万万千千
幸福着　感悟你的存在……

朗读者：陈菲儿

飞翔在蓝天白云之间

飞翔在蓝天白云之间
一只苍鹰在天空盘旋
优美的舞姿
在白云间若隐若现
好美的景致
拨弄心弦

飞翔在蓝天白云之间
随风起伏　波澜壮观
飞机前行　你的美
遮羞了语言
我该怎么赞美你
奇妙的变幻

飞翔在蓝天白云之间
自然的奇观
好想轻轻地亲吻你
又不忍
把你改变
那就让我笔下的诗歌呼唤

飞翔在蓝天白云之间
你掠去了我对美的感观
恰似情人的柔情
轻轻遍耕我的肌肤
用心体会
你的爱　和缠绵……

朗读者：赵春晖

听　海

听海
漫步在海边
用心聆听着海的声音
听海
那激起的层层海浪
拍打着沙滩
打破了这夜的寂静
天空一轮明月
映照着海面
海中的月光
随波起伏
如少女荡漾着秋千
掠过我的思绪
……
大海
静静的夜
很久了
很久没有这样静静地
用心感悟大海的情怀
南国的风光
温婉而让我动情
欣赏这里的美景
清影
拨弄着心弦
那海浪
诉说着美丽的爱情传说
……

朗读者：张宝月

夏日的风

疯狂的夏日下班了
夕阳西下
此时没有了烈日的烘烤
夕阳的余晖把相思的影子拉长
我漫步在雁栖湖的小路
沐浴着　这阵阵拂晓的清风

很久了
很久没有见到你了
你的笑容是那含苞未放的花朵
在我的思绪绽放
夜幕降临
此时的风犹如你的情话缠绵在耳畔

夜空下　星光闪烁
缕缕清风穿过
花草的拔节声仿佛要对我倾诉
倾诉你的姗姗来迟
我不愿在此时的花好月圆之夜少了你
少了你　月光下吟诗作赋的精灵

或许　我们分别太久了
一日三秋　我不知道如何来计算
你的窃窃私语是那么的美妙
如黄莺吟唱让我不能释怀
常常陶醉在晚风里
与你的心灵交流吟唱……

春天就要来了

春天就要来了
淡淡薄雾
我的故乡
熟悉的村庄青烟袅袅

春天就要来了
年后的第一天
记忆的清风
吹动我儿时的篇章

春天就要来了
少年浪漫快乐的时光
在和同伴的叙旧中
捧起一片片朗朗的温暖

春天就要来了
在这万家团圆欢乐的时刻
夹杂着乍暖还寒的风
飘来了春天里那淡淡的清香

雪中的月季花

雪中的月季花
在漫天飘洒的雪地里
随风浪漫地起舞
银白世界的红黄绿蓝
格外的美丽耀眼

雪中的月季花
她没有因为季节的轮回改变自己
不论春夏秋冬
她以自己的风采迎风弄月
绽放自己独有的魅力

雪中的月季花
升腾起一朵朵娇艳的红
在雪的世界里
她是那么的耀眼
将生命的色彩留在记忆

雪中的月季花
缠绵着世外的桃园雪景
夜空中的点点星亮
默默地凝望着冬雪中的月季
有这最美的雪花和你相依

一片片　一片片
散落在飞雪冬季
一朵朵　一朵朵
让银白色的世界更美丽
人间烟火留下了雪儿和月季的故事

流星雨

流星雨划过的瞬间
双手合十
我心里默默祝愿
你的康健是我的心愿

流星雨划过的瞬间
更多了我对你的思念
这美妙的星雨
划破黑夜的天

流星雨划过的瞬间
天空道道火箭
在天边在眼前
这种美景像童话里的画面

流星雨划过的瞬间
我站在三亚的海边
星火下的海
波涛撞击着夜天

在自由的天空翱翔

在自由的天空翱翔
跃马扬鞭迎风朝阳
沿途一路鸟语花香
耳畔风语欢心舒畅

在自由的天空翱翔
脚踏征途斗志昂扬
刀光剑影吟诗歌唱
仰天长啸中华回荡

在自由的天空翱翔
神剑出鞘铁蹄疆场
让爱久的旗帜飘扬
抚琴赋诗江湖武王

在自由的天空翱翔
小桥流水情深意长
封剑归隐名扬远方
诗词歌赋不朽文章
......

冬之感

树上最后一片黄叶
随着寒风飘落
冬来了
寒冷的冬天
让昔日丰满洒脱的树
暂失往日的光彩
一片落叶渲染了冬色
一季落花沧桑了流年

冬天是储蓄能量的季节
只为来年的光辉更加灿烂
一片黄叶
一棵树
在萧瑟中飘摇
冬季的狂风吹过
遮掩了心事
寂寞了温情后的夜

融融的冬意
你的来临昭示一年的岁末
寒冷的冬
冰洁的雪
绽放着天山的雪莲
蕴含了力量
温暖了岁月

一滴水

一滴水
也可成大海
海纳白川

一滴水
也可成江河
有容乃大

一滴水
润泽万物
她是生命的源泉

一滴水
是我们的恩惠
她是我们的世界

一滴水
是我们的生命
因为我们就是一滴水

美丽世界

花儿　鸟儿
大地　万物
时序轮转的岁月
美丽的世界
时光
每天在点滴中流淌
愈近
你我相约的日子

美丽的世界
心中的光明
我的奋斗
挂满思念的枝头
让心
徜徉在阳光里

魅力的世界
期盼
细雨中散步
雨的温柔牵手
田间的小路
一片片叶子
在快乐中
吐出芬芳的绿意

心动的今天
让轻柔的风
送入我的眼帘
随着如数的光阴
还有我笔下的赞歌
触动心灵的瞬间
爱意……

明月星空

明月星空
喜欢这样安静的夜
放飞我的思绪
只要夜幕降临
心中升起思念
也只有在夜深人静
才会有想象的灵感
品红酒赋浪漫诗篇
是我心灵家园

明月星空
我的爱酒家园
陶醉在这里我喜欢
频频举杯相约浪漫
诗情酒意放歌思念
女神干杯醉在葡萄园
心灵的栖息地　我眷恋

遥望空中的明月
思绪万万千千
多情念想你　我的女神
干杯　干杯
爱酒堡　我们的家园
醉了……
想你思念恋恋

天地人和

天

高高在上无边无际
无所不能刮风下雨
万物向往生活天里
向往胸怀心有天地

地

孕育万物大地母亲
高山大海在你怀里
承载生命无球可及
人生乐窝生生不息

人

拥有智慧上天入地
喜怒哀乐表现自己
万物所能无所不及
爱字当头美在孕育

和

和和气气天下太平
无争无欲快乐心里
修身养性传播爱习
和和和和一团和气

风花雪夜

风

轻舞在人间
仿佛飞满天
吹动黑白天
孕育万物欢

花

人人都喜欢
开放在心间
四季花常在
有花如春天

雪

银装天地间
飘洒舞在天
仙女在散花
美如天外天

夜

静赋诗酒篇
沉醉诗中仙
群雄煮酒论
如天上人间

花　儿

春天的暖风轻拂面庞
含苞花儿
在春姑娘的陪伴下
翩翩移步向我们走来

你是大地情人
为人们带来温馨
这世界因为你的点缀
而让人着迷　花香醉人

你的花瓣如此芬芳
还有那美的花蕾
就像我们的相识
那样美丽
就像我们的相知
那样纯真

凝视你
美丽的花朵
你让我春心荡漾
迷失自己
我花一样的青春

女神
原本是一串晶莹的葡萄

却成就了生活之美
巧夺天工　华丽转身
于是变成了美丽的女神
在梦幻的水晶宫里
沉睡了夜晚和晨曦
静静地
等待着心上人唤醒自己
美妙的生活今天
心爱人用绅士的风度
和着优美的旋律
用心唤醒了熟睡的美人
迎接着迷人的女神
帷幕慢慢掀起
只见圣洁的女神
渐渐地从梦中醒来
揉着惺忪的眼睛
扑朔迷离
诱人的色彩
醉人的香醇
丝丝入扣　沁人心脾
杯杯怡人　如痴如醉
尽情地沉浸在浪漫里
这是惊艳的女神
醉美的醒起
我的葡萄酒　我的女神

秋天的歌

秋天的歌
丰收的硕果累累
丰华秋实
我能深深感受得到
那丰收的声音

秋天的歌
田野里万物的叶子都黄了
但她们依然在微风下
跳着欢快的舞　唱着歌
我用心倾听不忍错过……

秋天的歌
是夜　儿时的玩伴
相聚田间村头
升起篝火
翻越　那儿时的歌

秋天的歌
田间的小路
勾起我少年的回忆
那段恋情
掠去对真情的向往
爱　爱情

秋天的歌
故乡的云
还有在城里看不到的星空
多少次我轻轻地来了
又轻轻地离去
不忍吵醒你……

茫茫的草原

茫茫的大草原
走进你天地宽广
一望无际的草海
伴着淡淡的花香
成群的羊马
个个肥壮
那放牧的汉子
粗犷的歌声
在草原回荡

茫茫的大草原
牵动我放歌的豪迈
展翅飞翔
微风吹过
那起起伏伏的草浪
就像大海的波涛
在草原汹涌奔放

茫茫的大草原
在深秋里
你依然散发魅力的光芒
浮想联翩的感受
我该用什么词汇来赞美你
这个让我着迷的地方……

茫茫的大草原
无以言表的诗歌
焕发我深深的情愫
你的美
是这片土地的
骄傲与辉煌

茫茫的大草原
我期待很久了
又一次来到这里
我的梦……
你的美
是我永恒记忆
我美丽的大草原
我的梦想……

大草原放飞梦想

大草原放飞我的梦想
草原上一路狂奔
像脱缰的野马
像展翅翱翔的雄鹰
无际的花花草草
在这里耀眼芬芳

草原　我喜欢的地方
汗血宝马
铁血男儿
跃马扬鞭
手拿马套飞驰草原
是我久久的向往……

大草原　这里的天好蓝
胯下宝马飞驰
我的思绪在草原飘荡
还有那牧马的汉子
在激情歌唱
歌声在蓝天白云下回荡

大草原放飞我的梦想
一阵微风刮过
花儿　草儿
散发出淡淡的清香
诱发我诗情画意的狂想
赋诗放歌吧
草原　我的梦想……

秋天的黄叶

秋天的黄叶
不经意间到了深秋
树上的叶子黄了
金装素裹
有一种美的忧伤

秋天的黄叶
不知从何时起
你开始飘落
一片片随风起舞
犹如爱恋的黄蝶纷飞

秋天的黄叶
微风吹起
在树林里尽情飘逸
翩跹起舞
为金黄色的世界
留下最美好的情意

秋天的黄叶
金灿灿的树叶
静静地躺在这里
轻轻地踏着你柔软的身体
不忍前行……

秋天的黄叶
到了落叶的时候
也许这就是你最后的归依
虚无缥缈的幻象
现在你可以落叶归根
为的是来年更加的美丽
……

水

我喜欢水
喜欢一切和水有关联的事物
不去想那平静如镜的湖面
不去想那碧波荡漾的江河
不去想那波涛汹涌的大海
不去想狂风暴雨……
我的心随着雪野湖的水花起伏
这是一个撩人心扉的圣地
春风轻拂溅起的水花
是心湖的一道风光
我沉醉在这大自然的怀抱
久久不想离去……

哈仙岛游春

脚踏快船游海岛
　独自寻芳
　一览群山
声声慢歌舞海天
海鸥戏鱼弄飞船
　对对双双
　嬉戏思量
海天一色盼久长

大草原的畅想

又一次来到大草原
这个神奇让我着迷的地方
茫茫一望无际的草海
随风飘扬的青草
像波涛汹涌的海浪拍打着我的思绪
远处成群的牛羊肥沃着这片土地
我随着飘荡的白云欢呼
太阳的光辉照耀着我
我站在大草原的高山之顶
傲立在天地之间
那朵朵白云在我的周围飘绕
时而聚集时而散去
轻轻地抚摸她不忍把你惊扰
我热爱的这片土地　拥抱蓝天……

可爱的精灵

——记雁栖湖神奇的小鱼

可爱的精灵
你是那么的神奇
你怎么了
为何离开你生命的水

可爱的精灵
雁西湖畔的花园
夜是那么的静
静的可以听到你的心声

可爱的精灵
在这个神圣的夜刚刚睡着
砰砰的跳动声惊醒了我
你怎么来了小鱼　你怎么可以离开你生命的水

可爱的精灵
大山里的夜　你的出现震惊了我
夜　夜临明前的黑
你曾经多少次出现在我的梦里

可爱的精灵
看到你在远离水的石面上拼命地挣扎
我心疼极了　心疼极了
我以最快的速度把你送回水里你的家园

可爱的精灵

小溪里看着你精疲力竭地呼吸

久久　久久地不肯离去

留给我的是一个谜和对你的祝福……

雪

飘飘洒洒她来了
漫天飞舞天散花
好美景致浪漫啊
让我深情描绘她

孩子嬉戏打雪仗
青年小伙堆雪人
男左女右秀恋爱
眼神放光爱表达

又是一年雪飘花
天下大地穿银装
想起白雪小公主
浪漫人生变童话

白雪公主

北国的冬天
我喜欢雪
那满天飞舞的花美极了

不经意间
又迎来一场随风飘荡的浪漫
一朵朵像飞舞的蝴蝶

大地穿上了新装
犹如身处银河
梦中的白雪公主来了

飘雪的世界里
一棵棵银树
装扮了童话的乐园

白雪公主来了
她随着飘荡的雪花起舞
绽放着　绽放着　朵朵花的美丽……

太阳将要升起

太阳将要升起
东方一片红霞
那是诗歌闪耀的光芒
又像诗人的眼睛

太阳将要升起
我诗歌创作的灵感开始活跃
就像我第一次见到你
感受爱情喜悦的光辉

太阳将要升起
诗歌的能量化成热情的火炉
烘烤着寒冬
冰雪开始消融……

太阳将要升起
笑口的音符开始舒展筋骨
甜美的　悦耳的华章耀眼醒目
与诗歌再次热恋……

天地之间

天地之间
时空变迁
万物相连
事事圆满

天地之间
你我乐园
学习生活
大爱奉献

天地之间
温暖浪漫
清风吹拂
花香飘散

天地之间
你在身边
恩爱幸福
比蜜还甜

天地之间
能量满满
浪漫诗篇
常开笑脸

天地之间
亲情相伴
饮酒作诗
快乐如仙

天地之间
客厅厨房
书房卧室
黑夜白天

天地之间
真情不变
健康快乐
人人心愿

迎春花开了

春风轻拂
黎明的甘露洒满人间
春来了
迎春花开了
你可记得我们的约定……

春的柔情伴着风的荡漾
美了谁的心
迎春花因你而开
只为这美丽的邂逅……

迎春花开了
千娇百媚
尘世间一场最美的相遇
因为那是你的节日

阳光灿烂
在花海飘香的世界
你深情款款地向我走来
带着百花的笑　风情万种……

我陶醉着
只为迎春花　只为你
那朵朵深情的小花在呢喃
你听到了吗　我爱你……

黄 叶

在这个季节
落叶像地毯铺满了小路
金灿灿的
就像童话世界里的金光大道

秋天的小路
树上的叶子越来越少了
清晨阳光照耀大地
满地的金元宝都在跳着舞……

一阵风吹过
从天飘落的树叶
就像漫天飞舞的蝴蝶
寻找她可以重生的栖地

叶落归根
她把大地渲染
浪漫的　美丽的景色给了我
我把你安放在时光的记忆里……

大　海

我喜欢大海
这是我一直渴望生活的地方
好多次我在这里驻足
海边是我梦中常来的地方

心中的那片碧海蓝天
阳光下波涛汹涌
海面上成群的海鸥
　追逐着　嬉戏着
这里有过太多的故事

潮起潮落的海面上
承载了多少喜怒哀乐
这个未知的世界
依然是一幅美而壮观的画
留下一双双浪漫爱情足迹

海边散步犹如在空中白云之上
任自由的思绪去徜徉
把藏在心底的一点忧伤释放
大海的胸怀是我的榜样
波涛　汹涌的波涛是美好的绝唱
　……

窗外的雨

窗外的雨
端一杯红酒站在窗前沉思
那窗外盛夏的小雨
灯光下密密地斜织
像天宫的流星雨

窗外的雨
好一番诗酒画意
闲静　飘逸
此时窗外的雨拨动了心弦
轻赋对你的赞歌

窗外的雨
你是水的映影
你是风在放歌
轻柔般在空中曼舞
加油万物的生命

窗外的雨
如天空中云的霓影
像大海中浪的柔波
舒缓　舒缓
像花一样地怒放
飘荡在充满爱的人间

大自然的魅力

大自然的魅力
通过四天的徒步经历
我用脚步不仅丈量了局部的你
还丈量了我自己
让我对你有了更深的认识
你是宇宙的产物
你有无限的魅力

大自然的魅力
第一次和你亲密地接触
让我深深地爱上了你
你的神奇魅力
完全征服了我
爱上你　我徒步穿越证明自己

大自然的魅力
在这个有意义的盛夏
徒步穿越太白山之行
将改变我的生活轨迹
人与自然
天人合一
我用饱满的心情
传播你的魅力

大自然的魅力
你给了我无限的力量
你给了我爱的向往
你教会我坚持和刚强
爱上你　我有了新的梦想

太白山的早晨

太白山的早晨
天然的氧吧
万物和自然相处得和谐美丽
昨天我们的营房都督门
安扎在森林里
旁边是缓缓而流的黑河
河里的卵石高高低低
我坐在河中间的一颗大卵石上
听着泉水哗哗地唱着歌

太白山的早晨
第一次亲历如此美景
天上人间不过如此
我喜欢这山水
忍不住又一次捧起泉水
甘甜溢于心扉
偶尔也有不知名的小鸟
在河床的卵石上嬉戏
多么壮观的一幅山水画

太白山的早晨
也是第一次
我听到这么多鸟儿歌唱
这就是传说中的百鸟齐鸣吧
高山流水碧空万里

一棵棵叫不上名字的参天大树
　　　还有奇异的古树
　　　在这里天然安逸
我爱你　天然的地貌奇迹

太白山

天高云淡
脚下太白山
望断秦岭山峦
盛夏美无限
名胜古迹显现
长江商学院同学穿越
太白山
高歌笑语连连
山高云淡
勾起心思涟涟
可以独坐山顶
思绪万千
太白山留下浪漫
穿越第一次有了怀念……
徒步啊
爱上你是康健
脚下白云拨弄心弦
轻思惦　他日重来
太白山

希望的田野

希望的田野
一杯爱情的美酒
滋润爱的心房
浪漫的心海开始荡漾
美丽的鲜花在这里生长

希望的田野
这里的天空明亮
大地洒满了阳光
鸟儿在轻轻歌唱
万物欢呼积极向上
到处弥漫着芳香

希望的田野
我的葡萄园
欢乐的春风
轻轻地漫步在春的时光
欢快的葡萄树茁壮成长
今年的丰收是我们的希望

希望的田野
满山的葡萄树
这里种满了希望
原来葡萄树也会歌唱
在这片美丽的地方
是我们的人间天堂

春　天

　　　　春天
　　你是四季最美的季节
　　　　喜欢你
　　我们人生如春气息
　　心里开满人生不谢的花

　　　　春天
　　你　是人们追逐的梦
　　　你在时光中轮回
　　你　是诗人笔下的赞歌
　　　你给人们以温馨

　　　　春天
　　　树绿花红
　　　万物有生机
　　爱你春天的诗界
　　　写满诗情画意

　　　　春天
　　走在希望的田野
　　绿意装扮了世界
　　　在广阔的山川
　　丰富了我的思绪

旅　途

旅途
怀揣愉悦的心情
我开始了旅行
沿途的美景丰富着我的歌赋

旅途
读万卷书
行万里路
此刻她的意义变得深厚

旅途
人在旅途，
她像青春的少女
让我在旅途中熟读

旅途
有许多奇遇
念念不忘历历在目
和我的梦想一起旅行
寻找实现心中的梦
她像风　她像云
她是属于我的风景

自然的力量

自然的力量
自然界有个力量
她超出我们的想象
我们叫她正能量

自然的力量
简单的重复奇妙无常
用心感悟
有惊奇的希望

自然的力量
载着我的梦想
翱翔在美妙的空间向往
超出我的想象

自然的力量
风景变幻美丽神往
一切都是最好的安排
神秘　莫测　闪着光
我们尽情享受自然力量

雨后的夜

雨后的夜
雨后的夜一片清静
空中没有月亮
也没有星星
牵着你的小手
我们散步在雨后

雨后的夜
一条宽宽的路上
二人前行
这是多么浪漫的雨后
几度欢笑　几分柔情
这就是我心中的爱情

雨后的夜
我们边走边唱
伴着动人的旋律共鸣
心与心的撞击
在这陌生的城市
留下一道永恒的风景

星 空

夜已来临
大草原的蒙古包
脚下的小草
还有这满天的星空
一轮明月
是这里独有的美丽
月光倾洒大地
微风轻拂
露珠在草叶上荡漾
这别有的景致
在一望无际的大草原清洗
倾听
那小草的拔节声
犹如天籁的旋律在耳畔
……

西湖夜话

秋游西湖景如画
断桥徘徊盼雨下
湖面秋风有凉意
又见秋花披彩霞

忽来细雨密如麻
天宫仙女撑伞花
那是何年迎风舞
忆思当年醉武侠

自然之美

迎着轻轻的风
和暖暖的阳光
迈着青春的脚步
奋斗在成功路上

路边的千草万花
喜气洋洋
鸟儿在树上欢快地歌唱
美妙　美好
天上人间好景象

赋诗放歌
青春的路上
我迷恋诗歌
徒步穿越
音乐　山水……
在高高的山顶歌唱

心路　精彩
教我如何不爱她
奔放的青春
我尽情豪放
浪漫的诗篇
如那行云流水
散发着清香……

天降甘露

夜雨
密密地斜织着
飘飘洒洒
在这个多雨的季节
这个飘雨的夜
一阵风吹过
带来狂热的情
这是我渴望已久的期盼
多少个梦里
我和你疯狂地沉醉……
那长长的指甲
是前世的缘
记起　记起
前世那个飘雨的夜
和你缠绵
古厦千间吟诗作画
我们相许在今生的今夜相聚
重续前缘　在这个飘雨夜里……